WURDACK

Paperback Sammler-Edition
Band 1

www.wurdackverlag.de
Cover: Frederic St-Arnaud
www.starno.net

Druck: Lange OHG, Berlin
ISBN 13: 978-3-938065-39-6

Mark Brandis

Bordbuch Delta VII

Originaltext in alter deutscher Rechtschreibung.

Mark Brandis, der Weltraumpilot, beflügelte die Phantasie vieler junger Menschen in den siebziger und 80er Jahren des vorigen Jahrhunderts. Manchmal raubte er ihnen sogar die Nachtruhe, wenn sie ihn auf seinen Reisen durch die Unendlichkeit des Alls begleiteten – oft noch beim Licht der Taschenlampe unter der Bettdecke.

Der Schriftsteller Nikolai von Michalewsky nannte seinen Helden nach der Mark Brandenburg, in der er selbst geboren wurde. Viele Jahre blieb der Name des Autors hinter dem Pseudonym »Mark Brandis« verborgen.

Die Abenteuer des Testpiloten der VEGA, festgehalten in einunddreißig Bänden, führten den Leser in eine Welt von morgen – deren Szenario heute in weiten Teilen von der Wirklichkeit eingeholt oder auch schon überholt worden ist. Die Probleme, mit denen Mark Brandis konfrontiert wurde, waren die, mit denen sich Nikolai von Michalewsky in seiner realen Welt auseinandersetzte, und die ihn beunruhigten. Es waren zum Beispiel die Entmenschlichung der Welt durch eine fortschreitende Technisierung oder auch die Gefahr der Manipulier- und Formbarkeit des Menschen durch Eingriffe in das Erbgut. Die Folgen des sorglosen Umgangs mit Giftmüll thematisierte er ebenso wie die Einengung des Persönlichkeitsrechtes durch eine ausufernde Bürokratie oder diktatorische Staatsmacht. Für die Welt von morgen verschob er die politischen Verhältnisse auf der Erde und übertrug sie, wenn nötig, ins Weltall.

Seine Kunst war es, auch schwierige Sachzusammenhänge oder geschichtliche Themen in eine spannende Handlung zu verpacken, die sich allerdings nicht nur in Aktionen erschöpfte.

Um das Leben in einer zukünftigen Welt darzustellen, erfand er vielfältige Raumtechnik, Fortbewegungs- und Kommunikationsmittel. Diese technischen Phantasien nahmen jedoch nie eine vorrangige Bedeutung ein. Im Mittelpunkt standen für den Schriftsteller immer die für ihn gültigen Werte menschlichen Zusammenlebens. Die Worte des Weltraumpiloten Mark Brandis »Woran du glaubst, dafür sollst du leben und sterben« hatten Gültigkeit auch für Nikolai von Michalewsky.

Mark Brandis ist ein Held, der in erster Linie als Mensch gesehen werden muß mit seinen Fehlern und Schwächen, seinen Zweifeln, seiner Hoffnung und seiner Liebe und mit seiner Einsamkeit.

Sicher sind in dieser Figur auch autobiographische Züge zu entdecken. So wie Mark Brandis immer wieder aufbricht, um seine Pflicht zu tun, war Nikolai von Michalewsky in seiner Arbeit ebenfalls sehr diszipliniert. Er zog sich nicht zurück, um den Kuß der Muse zu erwarten, sondern setzte sich an den Schreibtisch, um zu arbeiten. Erst wenn das Pensum, das er sich vorgenommen hatte, geschrieben war, stand er wieder auf. Ließ sich die Muse allerdings bei ihm nieder, genoß er es. Dann hämmerte er den Text eines ganzen Buches ohne vorheriges Skript mit dem Zeigefinger der rechten Hand in die Maschine. Nur noch den Daumen der linken benötigte er für die Großbuchstaben. Mit diesem Zwei-Finger-System entstanden über achtzig Bücher, ungezählte Hörspiele, Kurzgeschichten, Hörfunksendungen und Gedichte, ein sehr umfangreiches und weitgefächertes schriftstellerisches Werk.

Obwohl er viele Romane für junge Leser schrieb, war das Anliegen von Nikolai von Michalewsky nie ein pädagogisches. Seine Bücher erzählen vom Leben, von seinem Leben, von Begegnungen mit Menschen in Afrika, mit Fischern, Tauchern und Banditen auf Sardinien, von seiner Verbundenheit mit dem Meer. Er liebte die stürmische Nordsee im Herbst, das Mittelmeer in der Glut des Sommers. Dokumentarfilme, die er für das Fernsehen drehte, zeigen Menschen, die unter extremen Bedingungen ihre Arbeit tun. Ähnlichkeiten zwischen der Welt von Mark Brandis und dem Leben auf Seenotrettungskreuzern der DGzRS, auf Kuttern der Fischereiflotte, auf Versorgungsschiffen und Bohrinseln sind also nicht zufällig.

Nikolai von Michalewsky wollte nie nur Zuschauer und Chronist sein. Seine Wahrhaftigkeit in der Darstellung bezog er immer auch aus dem eigenen Erleben. So heuerte er als freiwilliger Helfer für eine Zeit auf einem Seenotrettungskreuzer an. Er erlebte das Gefühl des Auf-sich-selbst-Zurückgeworfenseins, als er in den fünfziger Jahren in der Sahara mit einem alten VW liegenblieb. Er spürte Todesangst und Einsamkeit während eines Tauchganges im Mittelmeer, bei dem er in die treibenden Reste eines Fischernetzes geriet.

Auch wenn viele seiner Bücher in die Kategorie der Abenteuerromane einzuordnen sind, war Nikolai von Michalewsky davon überzeugt, daß nur der Dummkopf auszieht, um das Abenteuer zu suchen. So gerät Mark Brandis zwar immer wieder in unwägbare Situationen, allerdings unbeabsichtigt. Und er setzt weder sein Leben noch das anderer unbedacht aufs Spiel.

Die Welt von Mark Brandis ist bevölkert von Charakteren, die ihre Entsprechung irgendwo im Leben des Autors haben. In diesem Sinn ist die Begleitung des Weltraumpiloten Mark Brandis auf seinen Reisen durch die Unendlichkeit auch immer eine Begegnung mit seinem Schöpfer, dem Schriftsteller Nikolai von Michalewsky.

Reinhild von Michalewsky

Kapitel 01

Aus einem fremden, feindlichen Himmel kehrst du heim in die Welt der Menschen. Aber du warst schon so lange und so weit von ihr fort, und darum weißt du nicht einmal, ob deine Heimkehr dich freut oder dich schmerzt. Fast ist sie dir gleichgültig, und nur deine Disziplin läßt dich den Kurs unverändert weitersteuern, den du dir vor langer, langer Zeit errechnen ließest – draußen, in der grenzenlosen Leere, im kalten Licht nie betretener Sterne.

So ungefähr war mir zumute, als der gedämpfte Summton der Anflugautomatik ertönte und mich – sehr zu meinem Unwillen – davon in Kenntnis setzte, daß Delta VII nicht länger ein einsamer Meteor im Weltraum war, sondern bereits ein von der Kontrollstation wahrgenommener und registrierter Flugkörper im überwachten Raum der Venus.

Der Summton war ein Appell an die Disziplin. Er drang in meine Gleichgültigkeit ein und erinnerte mich an meine Pflichten. Ich warf einen Blick auf den optischen Richtungsgeber und sah nur bestätigt, daß mir kein Fehler unterlaufen war. In das Gewirr der zuckenden Linien kehrte auf geheimnisvolle Weise Ordnung ein: sie bündelten sich zum hell leuchtenden Leitstrahl, der von nun an die Führung übernahm. Ich hatte nichts anderes zu tun, als mich ihm anzuvertrauen.

Genaugenommen, gab es an diesem Leitstrahl nichts Geheimnisvolles. Man konnte ihn auflösen in mathematische Formeln und technische Ursachen – aber das änderte nichts an dem Umstand, daß man ihn, wenn er sich aus dem Chaos allmählich formte, immer wieder als ein Wunder empfand.

Meine Gleichgültigkeit verwandelte sich in Konzentration und Spannung, und wieder, wie so oft, verspürte ich die Last einer Verantwortung, die zu tragen und zu ertragen ich mich nie ganz gewöhnen konnte. Vor ein paar Monaten noch wäre der Summton, der mich alarmiert hatte, für mich ein Signal zum Aufatmen gewesen, doch mittlerweile hatte ich die Erfahrung machen müssen, daß ein Pilot besser daran tat, erst die Landung abzuwarten, bevor er aufatmete.

Auf dem Radarschirm begannen sich die ersten Einzelheiten der Venus abzuzeichnen; die bläuliche Bergkette der Sierra Alpina und an ihrer Südflanke die silbrige Perlenschnur der Towns, wie man vereinfachend die dreizehn Städte nannte, die in den letzten vier Jahrzehnten hier gewachsen waren.

Jede dieser Towns beherbergte zwischen drei und vier Millionen Menschen, und ihr Anblick bot wahrhaftig keinen Anlaß, sich alter Zeiten zu erinnern; doch jedesmal, wenn ich die Venus ansteuerte, mußte ich daran denken, was wohl jene Menschen vor mir bei ihrem Auftauchen empfunden haben mochten – damals, als es von diesem trostlosen Verbannungsort keine Wiederkehr gab. Neusibirien, wie die Venus damals noch hieß, war erst vor einem knappen Menschenalter von diesem Makel befreit worden.

Wie viele Leiden, wie viele zerbrochene Hoffnungen mochte sie bis dahin gesehen haben, aber auch wieviel menschliche Größe und Tapferkeit. Auch mein Großvater väterlicherseits hatte dort seine letzten Jahre verbringen müssen, weil er der großen und reinigenden Revolution hatte vorgreifen wollen. Irgendwann hatte ich versucht, in einer sentimentalen Anwandlung, seinen Spuren in der Verbannung nachzugehen. Ich hatte nicht einmal sein Grab finden können. Alles war anders geworden. Nichts auf der Venus erinnerte mehr an jene schreckliche Zeit.

Vom Radarschirm wanderte mein Blick hinüber zu den Armaturen. Es gab dort nichts, was ich hätte beanstanden müssen. Auch nach zweimonatiger harter Dauerbelastung arbeiteten Triebwerk und Automatik wie am ersten Tag. Bald würde Commander Harris ins Bordbuch eintragen können, daß der Testflug keine verborgenen Mängel aufgedeckt hatte, sondern im Gegenteil bestätigte, daß der Prototyp Delta VII zum Serienbau freigegeben werden konnte.

Die letzte entscheidende Kurskorrektur war von Iwan Stroganow, dem Navigator, am frühen Vormittag dieses 22. September des Jahres 2069 am Computer errechnet worden, und ich hatte daraufhin die automatische Steuerung neu eingerichtet.

Als Pilot war ich abgebrüht genug, um mich nicht von jeder technischen Neuerung beeindrucken zu lassen, doch diesmal mußte ich zugeben, daß die technische Ausrüstung von Delta VII eine bewundernswerte Leistung moderner Ingenieurskunst darstellte, in der alle Erkenntnisse der Elektronenforschung zusammengeflossen waren. In gewisser Weise machte es mir diese Vollkommenheit schwer, ein persönliches Verhältnis zu diesem Schiff zu gewinnen, das sich selbst mit eigener Intelligenz so mühelos seinen Weg durch die Unendlichkeit des Raumes suchte.

Andererseits wußte ich nur zu gut, wie rasch es mit solcher Perfektion vorbei sein konnte – wenn das gellende Schrillen der Alarmglocken verkündete, daß das wohlausgeklügelte System des Zusammenspiels aller technischen Einheiten zusammengebrochen war.

Wenn dieser Fall eintrat, dann hieß es, sich im Handumdrehen wieder an alles das zu erinnern, was man dereinst in unzähligen Lehrgängen gelernt hatte, und in Sekundenschnelle die richtigen Entscheidungen zu treffen und in die entsprechenden Kommandos und Aktionen umzusetzen. Gewiß, das kam nicht oft vor, denn eine Vielzahl von Sicherheitssystemen, die wiederum von einer Vielzahl anderer Sicherheitssysteme überwacht wurden, beugte dem vor – aber wenn das geschah, dann mußten Pilot und Besatzung hellwach sein. Das war eine der grundsätzlichsten Erkenntnisse der neuen Raumfahrt: Menschlicher Geist läßt sich auf die Dauer nicht ersetzen.

Plötzlich überkam mich das Verlangen, aus meiner Einsamkeit auszubrechen und die kalte Welt der Sterne vollends hinter mir zu lassen. Ich versuchte es mit einem Scherz.

»Jetzt können wir nur noch hoffen, Sir«, sagte ich, »daß die Jungs da unten uns gleich 'reinholen. Ehrlich gesagt, ich würde nur allzugern mal wieder in ein saftiges Steak beißen.«

Noch während ich das sagte, tat es mir bereits leid.

John Harris, der Commander, drehte mir langsam sein flächiges, leicht sommersprossiges Gesicht mit den schmalen Lippen und den kühlen wasserblauen Augen zu.

»Auf Warteposition, Captain, ist noch keiner verhungert.«

Auch diesmal gelang es mir nicht, mein kühles Verhältnis zum Commander zu verbessern. In gewisser Weise war das meine Schuld, denn ich hatte im Verlauf dieser Reise Zeit genug gehabt, seine Eigenarten zu studieren. Ich hätte daran denken müssen, daß er Wert darauf legte, dienstliche und private Belange stets fein säuberlich auseinanderzuhalten – bis zur Pedanterie. Selbst auf engstem Raum brachte er es irgendwie fertig, sich mit einem Wall von Autorität zu umgeben, unsichtbar zwar, aber darum doch nicht weniger undurchdringlich. Auf der einen Seite war er, auf der anderen die Crew. Daß er sich damit unbeliebt machte, schien ihn nicht zu rühren. Vielleicht empfand er es nicht einmal. Ich wurde nicht klug aus ihm.

Ich ärgerte mich über die angedeutete, aber doch unmißverständliche Zurechtweisung, zugleich aber auch über mich selbst, weil ich sie mir durch eigenes Verschulden eingehandelt hatte, und hörte erst damit auf, als Antoine Ibaka meine Bemerkung aufnahm.

»Voriges Jahr«, sagte er, »haben sie uns mal geschlagene neun Stunden über irgend so einem lausigen Stern hängen lassen – so tief, daß ich in ihre Kochtöpfe sehen konnte. Mann, hatte ich ne Wut!«

Es war mir klar, weshalb Ibaka diesen alten Bagatellfall hervorkramte, den wir längst alle kannten. Es war ein

Versuch, mir zur Hilfe zu kommen – eine Hilfeleistung übrigens, an der auch der Commander nichts auszusetzen hatte.

Gespräche dieser Art gehörten zum Alltag an Bord, obwohl die Bordverpflegung in den letzten Jahren erheblich besser und schmackhafter geworden war. Auf die Dauer freilich konnte sie eine frisch zubereitete Mahlzeit nicht ersetzen. Die künstliche Geschmacksbeimengung täuschte nur oberflächlich darüber hinweg, daß ihre Aufgabe rein funktionell war: die Besatzung unterwegs am Leben und bei Kräften zu erhalten. Weil das so war, nahm das Essen in unseren Gesprächen einen wichtigen Platz ein.

Auch Stroganow wurde plötzlich gesprächig, und noch bevor er richtig den Mund aufgemacht hatte, wußte ich bereits, was er sagen würde.

»Ihr Jungen«, sagte er – er unterließ es nie, sein Alter zu unterstreichen –, »seid ein ganz hübsch verwöhntes Volk. Als ich mit der Fliegerei anfing, da hätte man sich nach der heutigen Bordverpflegung alle Finger abgeleckt.«

Mit seinen achtundvierzig Jahren war der stämmige Sibiriak der älteste an Bord. Längst hatte ich aufgehört, über ihn zu lächeln. Seine Erfahrung war unbezahlbar. Er war noch mit den alten Phönix-Raumschiffen gereist, deren letzte Exemplare seit geraumer Zeit in irgendwelchen Museen vor sich hin schliefen. Damals hatte man für einen Flug von der Erde zur Venus, den man heute in weniger als fünfunddreißig Stunden zurücklegte, noch hundertsiebenundvierzig Tage benötigt – mehr als doppelt soviel, wie Kolumbus einst für seine Seereise in die Neue Welt gebraucht hatte.

»Gott ja«, sagte Ibaka mit einem unüberhörbaren Hauch von Ironie, »die gute, alte Windjammerzeit!«

Ich fand, das hätte er besser nicht sagen sollen, und nahm mir vor, ihn bei Gelegenheit unter vier Augen darauf hinzuweisen. Wir hatten wahrhaftig keinen Grund, uns etwas auf unseren Fortschritt einzubilden.

Männer wie Stroganow hatten ihn schließlich erst ermöglicht, und sie hatten einen hohen Preis dafür bezahlt. Der Vorstoß zu den Grenzen des Sonnensystems war ein Geschichtsblatt voller schwarzer Kreuze.

Was immer ich mir vorgenommen hatte, Ibaka hierüber zu sagen, Stroganow nahm es mir ab.

»Auf jeden Fall«, sagte er, »wurde damals noch Geschichte gemacht – und die Astronauten waren ganze Männer. Was wißt ihr schon von dieser Zeit? Ich bin mit McBird unterwegs gewesen, als ihr noch die Schulbank drücken mußtet. Das war ein Mann!«

Commander Harris räusperte sich, und sein Räuspern beendete dieses Gespräch, bevor Ibaka und Stroganow so richtig aneinandergeraten konnten.

Wir an Bord von Delta VII sprachen Metro miteinander, diese Sprache, die nach dem Zusammenschluß unserer Heimatländer vor siebzig Jahren zur Europäisch –Amerikanisch–Afrikanischen Union – kurz EAAU – künstlich geschaffen und nach der gleichfalls künstlich geschaffenen Hauptstadt Metropolis benannt worden war. Nach zwei Generationen des Bestehens hatte sie sich längst zu einer alltäglichen Umgangssprache abgeschliffen, der nichts Künstliches mehr anhaftete.

Damals, als man das Metro zur Amtssprache der EAAU erhob, hatte man in ihr nur ein unerläßliches Mittel der Verständigung zwischen den verschiedenen Völkern gesehen, doch mit deren allmählichen Zusammenwachsen hatte sich auch die Literatur dieser neuen Sprache bemächtigt, und damit begann sie ihr eigenes Leben. Hier und da löste sie sogar allmählich die alten Landessprachen ab, vor allem in den außerirdischen Ansiedlungen, wo bereits eine Generation heranwuchs, die mit den Sprachen ihrer Großväter und Väter kaum etwas anzufangen wußte und sie allenfalls als verhaßtes Pflichtfach in den Schulen büffelte.

Diese Entwicklung mochte bedauerlich sein, zugleich jedoch war sie logisch und unvermeidbar. Wo immer sich Menschen zu neuen Gemeinschaften zusammenschlossen, wurde für sie die einigende Sprache wichtiger und bedeutsamer als das babylonische Sprachgewirr der Vergangenheit. Als vor dreihundert Jahren die große Einwanderungswelle über die Vereinigten Staaten von Amerika hinweggebrandet war, mochte es da nicht anders zugegangen sein.

»Commander an Pilot!« Das galt mir. Commander Harris‘ Stimme hatte den gewohnten kühlen, etwas knarrenden Klang. »Frage: Höhe über Landegrund?«

Ich war auf diese Frage vorbereitet gewesen, darum kam meine Antwort sofort.

»Dreiundachtzigtausend, rasch fallend, Sir.«

»Leitstrahl?«

»Leitstrahl steht, Sir.«

Ich richtete meinen Blick wieder auf den Radarschirm. Die ersten Bewegungen auf der Venus begannen sich abzuzeichnen. Auch konnte ich erkennen, daß sich ein Formationsflug anderer Raumschiffe zwischen uns und der Venus befand, ohne daß jedoch Gefahr drohte. Mit schlangengleicher Windung umschwenkte er unseren Leitstrahl und entfernte sich.

»Landeanflug fortsetzen«, sagte Commander Harris. »Ich rufe die Station.« Mit einem Knopfdruck stellte er die Verbindung her. »Delta VII ruft Venus.«

Meine Aufmerksamkeit galt wieder den Instrumenten. Nun, da Delta VII in das Schwerefeld der Venus eingetreten war, mußte die Geschwindigkeit ständig überwacht werden. Nur mit halbem Ohr hörte ich die Lautsprecherdurchsage.

»Bitte kommen, Delta VII«

»Delta VII auf automatischem Landekurs«, sagte Commander Harris‘ Stimme dicht neben mir. »Leitstrahl steht. Erbitte Freigabe der Landung.«

Rechts von mir unterhielten sich Stroganow und Ibaka in gedämpftem Ton über irgendeine Wahrnehmung auf dem Radarschirm. Ich selbst saß da, kontrollierte die Armaturen und wartete auf einen Anlaß einzugreifen, der sich nicht bot. Die Anflugautomatik drosselte das

Triebwerk feinfühliger, als ich es je hätte tun können. Wie von weit hörte ich den Lautsprecher sagen:

»Ihr Anflug ist hier nicht gemeldet, Delta VII. Wie lautet Ihre Flugorder?«

Es war diese Frage, die mich aufhorchen ließ, und ich konnte gerade noch sehen, wie Commander Harris irritiert die Brauen zusammenzog.

»Delta VII an Venus. Ich weise Sie darauf hin, daß die Frage nach der Flugorder im Zuge interglobaler Vereinbarungen vor über fünf Jahren aus dem Anflugreglement gestrichen wurde. Ich habe um Freigabe der Landung nachgesucht.«

Der Commander hatte recht. Die Frage nach der Flugorder war unzulässig. Ich merkte, daß Stroganow mich fragend ansah, aber weil ich selbst nicht wußte, was diese Neuerung bezweckte, zuckte ich nur mit den Schultern. Der Lautsprecher sagte unnachgiebig: »Bedaure, Delta VII, aber ich muß darauf bestehen.«

Ibaka setzte an, etwas zu sagen, aber Stroganow schüttelte fast unmerklich den Kopf, und Ibaka blieb stumm. Es war ein Augenblick gespannter Erwartung. Das Gesicht des Commanders war rot angelaufen, doch seine Stimme klang auch weiterhin kühl und beherrscht. Das war eine seiner Stärken: Er verlor nie die Kontrolle über sich.

»Delta VII an Venus. Ich gebe unter Protest unsere Flugorder bekannt: VEGA–Testflug ohne Destination. Commander – Doppelpunkt – John Harris. Zur Zeit befinden wir uns auf Heimatkurs.«

Die blecherne Lautsprecherstimme antwortete: »Verstanden, Delta VII. Setzen Sie den Anflug vollautomatisch fort. Ihre Landung ist freigegeben. Ende.«

Commander Harris lehnte sich zurück und machte ein steinernes Gesicht, aber ich kannte ihn gut genug, um zu wissen, daß es unter dieser scheinbar ruhigen Oberfläche gefährlich brodelte. Nach einigen Sekunden des Überlegens warf er einen Blick auf die Uhr und griff zum Bordbuch.

Kapitel 02

Wir landeten ohne jeden weiteren Zwischenfall – das heißt, wenn sich die geringfügige Abweichung vom üblichen Reglement überhaupt als Zwischenfall bezeichnen ließ. Eigentlich hatte nur der Commander die Sache hochgespielt – mit seiner pedantischen Art, die keine Unkorrektheiten duldete.

Im gleichen Augenblick, als Delta VII mit kaum spürbarer Erschütterung aufsetzte, schaltete ich das nur noch sanft zischende Triebwerk ab. Dann unterbrach ich die Stromzufuhr, und die roten und grünen Kontrollleuchten erloschen.

»Schiff klar zum Vonbordgehen, Sir!« meldete ich.

Durch die dickwandigen Scheiben des Cockpits konnte ich bereits den Transporter über die weite, offene Fläche heranfauchen sehen, der uns abholen kam. Seine Düsen wirbelten den Staub auf.

Einen Augenblick lang wußte ich kaum, wo ich mich befand.

Es war ein sonderbares Gefühl, nach zwei Monaten, verbracht in der Unendlichkeit, wieder festen Boden unter sich zu spüren. Nicht ich allein mußte mich erst daran gewöhnen.

Es ist nicht nur der Körper, der sich umstellen und neu anpassen muß, wenn man aus dem Grenzenlosen wieder eintaucht in räumliches Maß. Auch der Geist kehrt nur langsam und widerstrebend, Schritt für Schritt, von den Weiten der Sterne zurück in die Enge des alltäglichen Lebens.

Taucher, die aus großen Tiefen wieder emporsteigen an die Oberfläche des Meeres, berichten von ähnlichen Empfindungen. Auch ihre Blicke bleiben lange Zeit nach innen gekehrt, und auch sie taumeln, sobald sie wieder festen Boden unter den Füßen haben – wie unter der Nachwirkung eines großen Rausches. Und mit der Freude, wieder einmal heil und gesund zurückgekehrt zu sein, vermischt sich unversehens die Wehmut darüber, daß alles vorbei ist.

Selbst Commander Harris mußte sich zusammenreißen, um meine Meldung korrekt zu bestätigen.

»Danke, Captain.« Er setzte die Mütze auf und griff nach dem Bordbuch. »Schleuse auffahren!«

Ibaka legte den Sicherungshebel herum und drückte auf den freiwerdenden Knopf der Schleusenautomatik. Mit leisem Surren fuhren die beiden Luken auf, und wir gingen von Bord.

Im Transporter zündete ich mir eine Zigarette an und streckte die Beine aus. Das Zischen der Düsen war kaum zu hören. Es war taghell, aber der Himmel war in samtene Schwärze gehüllt, in der die Sterne leuchteten.

Einmal noch, dachte ich, würden wir gemeinsam starten und landen, um dann auseinanderzugehen – wohin immer VEGA uns schicken mochte. Nur selten ließ man nach einem so langen Flug eine Crew beieinander. Irgendwelche Psychologen hatten herausgefunden, daß zu langes Zusammensein auf engem Raum zu Reibereien und Feindseligkeiten führte, die die Leistung herabsetzen. Auf einmal war ich von einem Gefühl des Bedauerns erfüllt, das sogar den Commander einschloß.

Er war ein Ur–Ur–Ur–Enkel jenes Harris, der unter Lord Nelson gedient hatte und in der Schlacht von Trafalgar zum Ruhme Englands gefallen war. Auch der Commander war lange Zeit aktiver Offizier gewesen, dann jedoch aus der Armee ausgeschieden, um sich und seine Erfahrung in den Dienst der zivilen Raumfahrtbehörde VEGA zu stellen. Vielleicht war es seine militärische Gründlichkeit, was ich ihm übelnahm. Was mich andererseits zu ihm hinzog, war der Umstand, daß er Astronaut mit Leib und Seele war – nicht anders als seine Vorfahren, die einst ganze Seeleute gewesen waren. Und etwas von jener kühlen, beherrschten Art, die britische Seeoffiziere einst ausgezeichnet hatte, war auch in seinem Charakter wiederzufinden. Er setzte ihre Tradition fort, auch wenn das Element, mit dem er es zu tun hatte, ein anderes geworden war.

Sehr gut verstand ich mich dagegen mit Antoine Ibaka, dem Bordingenieur. Er stammte aus dem Kongo: ein sehniger, breitschultriger Mann von ebenholzschwarzer Hautfarbe und mit den geschmeidigen Bewegungen eines spurtschnellen Hundertmeterläufers. Ibakas Humor war nie zynisch, sondern lediglich Ausdruck einer von Natur aus heiteren Wesensart.

Auch mit Iwan Stroganow, dem Navigator, ließ es sich gut auskommen. Auf den ersten Blick hatte er auf mich einen schwerfälligen und melancholischen Eindruck gemacht, doch mittlerweile kannte ich ihn besser. Er war ein langsamer, aber gründlicher Denker und vor allem ein hervorragender Navigator. Sein Umgang mit Computern hinderte ihn nicht daran, ein gläubiger Christ zu sein. Müdigkeit überkam mich.

Ich weiß nicht, wie ich auf einmal dazu kam, mir selbst die Frage vorzulegen, welchen Platz ich, der Pilot, in den Gedanken meiner Bordkameraden einnahm. Seit meiner Degradierung vom Commander zum Captain war ich empfindlich geworden – aber an Bord von Delta VII schien keiner mir meine Vergangenheit nachzutragen, obwohl sie, daran zweifelte ich nicht, allen bekannt war. An dieser Degradierung war ich – inzwischen habe ich das eingesehen – nicht ganz unschuldig. Eingehandelt hatte ich sie mir, als ich einen unmißverständlichen Befehl in den Wind schlug und mich mit einem zum Start nicht freigegebenen Alpha–Schiff an der Suche nach der im Raum verschollenen Expedition des Colonels Rublew beteiligen wollte. Wenn ich Erfolg gehabt hätte, wäre man sicherlich milder mit mir ins Gericht gegangen, aber gerade der Erfolg blieb mir versagt. Die Katastrophe ereignete sich bereits beim Start. VEGA verlor ein Raumschiff, ein Mann meiner Crew das Leben, ich selbst den Rang eines Commanders. Vielleicht wäre VEGA noch härter gegen mich vorgegangen, hätte nicht gerade Mangel an Piloten geherrscht. So degradierte man mich lediglich zum Captain und ließ mich weiterfliegen – unter einem fremden Commander nach dem anderen. Mich traf dies härter als eine fristlose Entlassung. Nur weil ich nicht wußte, was ich sonst hätte anfangen sollen, nahm ich diese Entscheidung hin.

Unter der hohen gläsernen Kuppel, die sich über der Abfertigungshalle wölbte, kam der Transporter zum Stehen. Commander Harris überprüfte den Sitz seiner Uniformjacke, rückte die Mütze zurecht und stieg aus.

»Meine Herren«, sagte Ibaka, »dies ist ein historischer Augenblick. Frau Venus erwartet uns mit geöffneten Armen.«

Stroganow verzog das Gesicht.

»Frau Venus«, sagte er, »ist auch nicht mehr, was sie einmal war. Auf mich jedenfalls macht sie den Eindruck, als müßte sie sich in nächster Zeit einmal rasieren.«

»Nicht doch!« sagte Ibaka ernsthaft. »Diese Art von Verkleidung erhöht lediglich ihren Reiz.«

In der Halle vollzog sich gerade das Zeremoniell einer Begrüßung. Commander Harris salutierte vor einem knochigen, graubärtigen Mann. Niemand konnte sich erinnern, wann und wie Sven Björnsen, der Stationsmeister, zu seinem Spitznamen gekommen war – aber überall in Astronautenkreisen war er, seitdem ich denken konnte, als Frau Venus bekannt.

»Vorhin, als ich Ihren Namen hörte, habe ich mich gefragt: ist er‘s oder ist er‘s nicht?« sagte Björnsen gerade, als ich aus dem Transporter kletterte. »Ich wußte gar nicht, daß Sie zur VEGA übergewechselt sind, Major.« Commander Harris straffte sich, und ich wußte, daß er nur auf diesen Augenblick gewartet hatte, um seine Beschwerde an den Mann zu bringen.

»Allmählich«, sagte er, »fange ich selbst an zu begreifen daß ich kein Major mehr bin, sondern nichts als ein Zivilist. Vor allem, wenn ein Stationsmeister mich erst einem Verhör unterwirft, bevor er mir die Landung freigibt.«

Björnsens Augen, so fiel mir auf, blickten auf einmal ernst.

»Es tut mir leid, Commander, aber so lautete meine Anweisung.«

Commander Harris blieb unversöhnt: »Nun, auf den Urheber dieser Anweisung bin ich neugierig.« Er winkte ungeduldig mit dem Bordbuch. »Bringen wir den Papierkrieg hinter uns!«

Wir gingen hinüber in das Büro, und Björnsen nahm hinter seinem kreisförmigen Schreibtisch Platz und setzte die Brille auf.

»Darf ich Sie um das Bordbuch bitten, Commander?«

»Mit der Bitte um Aufklärung«, sagte Commander Harris, während er dem Stationsmeister das Bordbuch aushändigte. »Wie Sie leicht feststellen können, habe ich mir erlaubt, den Vorfall von vorhin zu vermerken. Reglement für interplanetarischen Raumflug, Artikel zweihundertunddreizehn, Absatz vier: Jede Abweichung von der Norm bedarf einer die Ausnahmesituation bestätigende Erklärung.«

Björnsen trug den Zeitpunkt unserer Landung in das Bordbuch ein, drückte einen Stempel auf das Papier und unterschrieb. Dann blickte er auf.

»Mir scheint, Commander, Sie sind tatsächlich ahnungslos.«

Commander Harris‘ buschige rotblonde Augenbrauen zuckten in die Höhe.

»Würden Sie die Freundlichkeit haben«, sagte er, »sich deutlicher auszudrücken?«

»Gewiß«, sagte Björnsen, »nur erlauben Sie, daß ich Ihnen zunächst eine Frage stelle: Haben Sie im Verlauf Ihres Fluges mit einer anderen Stelle als mit VEGA Funkkontakt gehalten?«

»Nein«, sagte Commander Harris.

»Nun«, sagte Björnsen, »dann machen Sie sich auf eine Überraschung gefaßt.« Er schaltete den Zeitungsprojektor ein, und der gedruckte Bericht begann zu laufen. Bis zu diesem Augenblick hatte ich für Commander

Harris‘ Fehde nur mäßiges Interesse aufgebracht, doch nun, auf einmal, war ich voll und ganz da: zurückgekehrt in die Welt der Menschen mit allen ihren Problemen. Ich las die Schlagzeile und fühlte mit unerbittlicher Klarheit, daß mein Leben nie wieder sein würde, was es einmal gewesen war, und nicht nur meines. Die ganze Welt war mit einem Schlag eine andere geworden. Ich spürte, wie mir dieses neue Wissen alles Blut aus dem Gesicht zog, während mein Herz plötzlich rasch und aufgeregt zu schlagen begann, und ich sah, daß selbst Commander Harris blaß geworden war.

Die Schlagzeile lautete:

SMITH GREIFT NACH DER MACHT.

Ich blickte hinüber zu Ibaka und Stroganow. Auch sie wirkten verstört.

Commander Harris ergriff wieder das Wort.

»Unsinn!« sagte er. »Das muß ein Gerücht sein. Sie wissen selbst, wie Zeitungen so etwas aufbauschen. General Smith ist in sicherem Gewahrsam.«

»Eben nicht.« Björnsen schüttelte fast unmerklich den Kopf. »Bis jetzt ist noch nicht ganz klar, wie er zu dem Raumschiff gekommen ist, das ihn zurückbrachte, aber Tatsache ist, daß er‘s geschafft hat. Die Regierung hat den Ausnahmezustand verkündet.«

Commander Harris blieb stumm. Wahrscheinlich mußte er genau wie ich diese Nachricht erst einmal verarbeiten. Noch fiel es mir schwer, mir ihre ganze ungeheure Tragweite zu vergegenwärtigen.

»Und die Armee? Was tut die Armee?« Stroganow war nähergetreten. »Sie kann doch diesen Tollhäusler nicht einfach gewähren lassen?«

Wenn Stroganow von General Smith als von einem Tollhäusler sprach, so hatte das seine Bewandtnis. Der General hatte als Vertreter des harten Kurses gegenüber den VOR – den Vereinigten Orientalischen Republiken –, bevor er in die Verbannung geschickt wurde, die Erde schon einmal an die Grenze eines globalen Krieges gebracht.

Damals, vor sieben Jahren, hatten sich in der EAAU die gemäßigten Elemente durchgesetzt, und Smith war von der politischen Bühne gefegt worden, noch bevor aus den von ihm provozierten Zusammenstößen im All ein regelrechter Krieg werden konnte.

In gewisser Weise hatte die Entwicklung in den darauf folgenden Jahren Smith recht gegeben. Die VOR, in denen die Chinesen, die sich längst von ihrer verheerenden Niederlage im zweiten sowjetisch–chinesischen Krieg erholt hatten, immer tonangebender wurden, bauten zäh und beharrlich und zum Teil unter großen Opfern ihre strategischen Stellungen im Raum aus. Trotzdem vermieden sie nach wie vor alles, was von der anderen Welthälfte als aggressiver Akt aufgefaßt werden konnte. Das Verhältnis zwischen der EAAU und der VOR war zwar gespannt und kühl, doch die wirtschaftlichen Beziehungen blieben davon unbetroffen.

In den letzten Monaten nun hatte es geschienen, als sollte es zu einer Annäherung zwischen Metropolis und Peking kommen. In beiden Staaten gab es namhafte Verfechter der politischen These, daß nur ein Zusammenschluß beider Staaten die Welt vor der großen Katastrophe bewahren könnte. Freilich, auf beiden Seiten gab es auch genug Säbelraßler und Kraftmeier, die einen friedlichen Ausgleich zu verhindern trachteten. General Gordon B. Smith, der Mann aus Texas, war einer der schlimmsten – auf jeden Fall aber der intelligenteste und gefährlichste. Die Frage, wie wohl die Armee sich zu Smith‘ Rückkehr auf die Erde stellen würde, war mir bereits durch den Kopf gegangen, noch bevor Stroganow sie hatte laut werden lassen. Es war die Kardinalfrage schlechthin. Nur die Armee konnte Smith dorthin zurückschaffen, woher er gekommen war, oder aber ihm zur Macht verhelfen.

»Die Armee?« Björnsen hob ein wenig die Schultern. »Es scheint, als hätte sich ein Teil davon schon hinter ihn gestellt. Die Regierung appelliert jetzt an diese Einheiten, zur verfassungsmäßigen Gewalt zurückzukehren.«

»Und wie«, fragte Ibaka, »verhält sich die Armee hier? Hat Colonel Larriand bereits Stellung bezogen?«

Ich entsann mich einer flüchtigen Begegnung mit dem Colonel: ein kühler, wortkarger, vornehmer Mann, der sich nie in politische Belange eingemischt hatte, ein hervorragender Raumfahrtstratege, der vor dem Erreichen der Altersgrenze als Oberkommandierender der Venus die letzte Etappe seiner militärischen Laufbahn durchlebte. Für die Regierung der halbautonomen Venus war Larriand, da er ihr nicht unterstellt wurde, sondern weiterhin nur der Zentralregierung in Metropolis verantwortlich blieb, in gewisser Weise stets ein Ärgernis gewesen. Einige Extremisten, die für eine totale Unabhängigkeit der Venus eintraten, hatten Larriand und seine Männer als Okkupanten beschimpft, doch damit gingen sie zweifellos zu weit.

»Colonel Larriand«, sagte der Stationsmeister, »hat sich bisher nicht geäußert, aber er hat auch die Aufforderung des Generals, sich seinem Befehl zu unterstellen, unbeantwortet gelassen.«

Ibaka wollte noch etwas bemerken, aber Commander Harris kam ihm zuvor. Ruhig und ohne eine Spur von Erregung erkundigte er sich: »Und wie beurteilen Gouverneur und Großer Rat die Lage?«

»Nun«, sagte Björnsen, »sie haben dem General eine klare Abfuhr erteilt. Hier auf der Venus hat er so gut wie keine Anhänger – vielleicht, weil man hier andere Sorgen hat. Auf der Erde jedoch –«, Björnsen sprach den Satz nicht zu Ende, sondern zuckte statt dessen resignierend mit den Schultern.

Wir alle wußten auch so, was er meinte. Auf der Erde gab es genug radikale Elemente, die nur auf diese Stunde gewartet hatten, Reinigende–Flamme–Anhänger, die auch im Untergrund nie aufgehört hatten, von der totalen Macht zu träumen.

Der Commander warf noch einen Blick auf den Zeitungsprojektor und sagte:

»Die Ausgabe ist immerhin sechs Stunden alt. Die nächste Meldung kann bereits lauten: Die Ordnung ist wiederhergestellt.«

»In diesem Fall«, antwortete der Stationsmeister, »werde ich Sie bei Ihrem Weiterflug mit Sekt und Kaviar verabschieden. Übrigens, ich nehme an, Sie werden unter diesen Umständen die Rückkehr zur Erde bis auf weiteres verschieben.«

Commander Harris steckte das Bordbuch ein.

»Nicht, wenn keine diesbezügliche Order von VEGA vorliegt. Wenn auch bis morgen sieben Uhr fünfundvierzig Metropoliszeit kein solcher Befehl hier eingeht, setzen wir die Reise wie geplant fort.«

Björnsen stützte sich mit den flachen Händen auf die Schreibtischplatte und stand auf.

»Ich frage mich, ob das ein guter Entschluß ist, Commander, aber ich will Ihnen nicht dreinreden.«

Die Miene, die Commander Harris machte, ließ erkennen, daß es auch gar nicht sein Wunsch war, sich dreinreden zu lassen.

Ich fragte mich, wie ich mich, der ich schließlich auch schon einmal Commander gewesen war, an seiner Stelle verhalten hätte, und fand keine Antwort darauf.

Ich dachte auch noch darüber nach, als wir das Büro des Stationsmeisters längst verlassen hatten. Niemand konnte voraussagen, was uns auf der Erde erwartete, aber eines war gewiß: daß jede Abänderung unseres Flugplanes das ganze VEGA–Programm durcheinanderbringen mußte. Es war eine sehr einsame Entscheidung, die Commander Harris getroffen hatte, doch wer ihn kannte, mußte wissen, daß es für ihn nur diese eine Entscheidung geben konnte.

Vor dem Ausgang verabschiedete sich der Commander von uns, um zu Freunden zu fahren, bei denen er auch übernachten wollte.

Stroganow, Ibaka und ich standen noch eine Weile herum, aber die Lust auf einen geselligen Abend war uns vergangen.

Stroganow knurrte: »Man hätte dem General vor sieben Jahren den Prozeß machen sollen, dann wäre der Fall längst ausgestanden.« Er spuckte wütend aus. »Smith an der Macht und ein Krieg mit den Schlitzaugen, das hat uns gerade noch gefehlt!«

Ibaka stieß mich an.

»Mein Appetit ist zwar zum Teufel, aber einen Schluck könnte ich wahrhaftig brauchen. Kommen Sie mit, Captain?«

Wir gingen in eine Bar und tranken rasch hintereinander drei oder vier Schnäpse, ohne in Stimmung zu kommen. Selbst Ibaka, unser Spaßvogel, blieb lustlos und bedrückt. Schließlich fing Stroganow mit einem Gast, der sagte, dieser General hätte doch eigentlich ganz patente Ansichten, einen Streit an, und Ibaka und ich hatten Mühe, ihn hinauszuschaffen, bevor es zu einer Schlägerei kam.

Ibaka machte den Vorschlag, noch eine andere Bar aufzusuchen, aber ich verspürte dazu keine Neigung und ließ ihn mit Stroganow allein weiterziehen. Als ein Taxi in Sicht kam, winkte ich es heran.

Das Taxi glitt auf lautlosem Luftkissen dahin, und mir ging es plötzlich durch den Sinn, daß die Menschheit doch ziemlich arm dran ist, seitdem sie das Wundern verlernt hat.

Der Umstand, daß es auf der Venus – anders als auf dem Mond und den vielen kleinen Stationen und Kolonien im All – atembare Luft gibt, in der man sich genauso frei bewegen kann wie auf der Erde, ist zweifellos eines der größten Wunder, das die Technik seit der Erfindung des Rades zuwege gebracht hat.

Ein Netz von Ozonerien überspannt die Venus: chemische Aufbereitungsanlagen, deren einzige Aufgabe es ist, in ununterbrochener Folge ein Gemisch von Stickstoff, Sauerstoff, Argon und Kohlensäure zu produzieren, eben jene Luft, die der Mensch zum Leben braucht. Dieses Gemisch wird unmittelbar vor dem Ausstoßen auf physikalischem Wege magnetisch aufgeladen, so daß seinem natürlichen Drang, sich im Weltall zu verflüchtigen, die starken Elektromagneten der Ozonerien entgegenwirken können. Auch wenn dieser atmosphärische Gürtel nur knapp hundert Meter breit ist, so reicht er doch aus, um auf der Venus erdähnliche Verhältnisse zu schaffen. Die Architektur der Towns allerdings machte es mir unmöglich zu vergessen, wo ich mich befand. Nur ein einziges Mal in der Geschichte der Menschheit, im alten Japan, hatte es einen ähnlichen Zusammenklang von Architektur und Natur gegeben.

Während es auf der Erde – von Metropolis abgesehen – kaum eine menschliche Ansiedlung gab, die ohne geschichtliche Vergangenheit war, hatten es die Städteplaner auf der Venus leicht gehabt, von Anfang an rein funktionell zu planen. Die absolute Zweckmäßigkeit ihrer Bauten freilich hatte ihre besondere Schönheit, zumal sie eingebettet waren in eine verschwenderische Pracht üppiger Parkanlagen. Unsichtbare Heizungen sorgten für eine stets gleichbleibende, frühlingshafte Temperatur.

Ein paar Minuten lang war ich völlig vertieft in meine Gedanken, aber dann mußte ich, ob ich wollte oder nicht, mich wieder mit der Gegenwart beschäftigen. Das Taxi hielt plötzlich an, und nur die Gurte hinderten mich daran, unsanft nach vorn zu kippen.

»Jetzt fangen sie auch bei uns an, verrückt zu spielen!« sagte der Fahrer erbost. »Man könnte fast meinen, die Schlitzaugen wären gelandet.«

Drei Transporter der Strategischen Luftflotte – mit den Signalfarben Gelb und Rot bemalt – überquerten sirenenheulend den Platz und rasten nach Osten – dorthin, wo die militärischen Startrampen lagen.

»Nun«, sagte ich, bemüht, mich gleichmütig zu zeigen, »das muß nicht gleich etwas zu bedeuten haben.«

»Ach nee!« Das Taxi setzte sich wieder in Bewegung. »So geht das schon den ganzen Tag.« Der Fahrer blickte mißmutig über die Schulter. »Wo kommen Sie eigentlich her? Nicht von der Erde, wenn ich richtig rate.«

»Nein«, sagte ich, »nicht von der Erde.«

»Mond, Mars, Jupiter?« fragte der Fahrer.

»Auch nicht«, sagte ich, weil es einerseits der Wahrheit entsprach, und weil ich andererseits keine Neigung verspürte, mich in ein Gespräch verwickeln zu lassen.

»Na schön«, sagte der Fahrer mürrisch, »letzten Endes ist es ja auch Ihre Angelegenheit. Hauptsache, Sie gehören nicht zu Smith und Genossen. Wir hier, wir wollen nämlich nichts anderes als friedlich leben und arbeiten. Mit allem anderen haben wir nichts im Sinn.«

Die Art, wie er das vorbrachte, machte ihn mir nun doch sympathisch, und darum antwortete ich, um ihn nicht vollends zu beleidigen:

»Nun, mit dieser Sehnsucht stehen Sie nicht allein.«

»Ich weiß nicht«, sagte der Fahrer zweifelnd, »die auf der Erde, die scheinen ein ganz anderes Programm zu haben.«

»Sie haben wohl keine sehr gute Meinung von den Leuten auf der Erde?« fragte ich. »Wann waren Sie zuletzt mal da?«

»Ich?« Die Stimme des Fahrers verriet Empörung ob dieser Verdächtigung. »Nie.«

Auf einmal schläfrig, lehnte ich mich im Polster zurück, aber gleich darauf war ich wieder hellwach, weil mir schlagartig eingefallen war, daß die Vorgänge auf der Erde sicherlich auch für Ruth Veränderungen mit sich gebracht hatten.

Plötzlich verspürte ich Furcht. Der kalte Schweiß trat mir auf die Stirn, und ich begann diese Zwischenlandung auf der Venus zu verwünschen, die mich daran hinderte, auf dem schnellsten Wege zu Ruth zurückzukehren. Früher hatte ich mir nie Gedanken darüber gemacht, wieviel sie mir bedeutete.

Ich versuchte mir einzureden, daß ihr, selbst wenn die Dinge sich zum Schlechten wenden sollten, keine unmittelbare Gefahr drohte, aber zugleich wußte ich, daß ich mich lediglich selbst belog, denn sie war immerhin Samuel Hirschmanns Sekretärin.

Zum Zeitpunkt, als man General Smith in die Wüste schickte, war Hirschmann Präsident gewesen, ein gütiger alter Mann, dessen Autorität sich weniger aus den Machtmitteln herleitete, mit denen ihn das Gesetz ausgestattet hatte, als vielmehr aus der Achtung und Verehrung, die ihm die in der EAAU zusammengeschlossenen Völker entgegenbrachten. Bellini, Hirschmanns Nachfolger im Amt, auch er ein Mann von Format, hatte sich nie dieses Maß an Zuneigung erringen können.

Hirschmann lebte in Metropolis – nach seinem Amtsverzicht in nicht gerade ärmlichen, aber doch bescheidenen Verhältnissen – und hatte sich voll und ganz dem Studium der jüdischen Geschichte verschrieben, doch obwohl er sich nach seinem Rücktritt nie wieder öffentlich in die Politik eingemischt hatte, galt er für viele unverändert als der große alte Mann, der in jeder Situation Rat wußte.

Was – so schoß es mir mit jäher Sorge durch den Sinn – würde aus Hirschmann werden, sollte General Smith mit seinem Putsch Erfolg haben? Mochte er auch über keine politischen und militärischen Machtmittel mehr verfügen, so war der moralische Wert seiner Stimme doch nach wie vor groß – ob er nun für oder gegen Smith Partei ergriff. Smith' eigentliches Hindernis auf dem Weg zur Macht war weniger Bellini – eine Regierung ließ sich stürzen – als vielmehr Hirschmann mit seiner unfaßbaren Autorität.

Ruth war erst Hirschmanns Sekretärin geworden, nachdem er sich von der Politik zurückgezogen hatte, aber dieser Umstand verringerte meine Sorge nicht. Ich kannte den Fanatismus der Smith–Anhänger.

Wieder mußte das Taxi halten. Diesmal war die Ursache eine Gruppe junger Menschen, die die Straße versperrte. Sie trug selbstgemalte Transparente mit Aufschriften wie SMITH NIE! und KEINE MACHT DEM GENERAL! und schrie im Chor:

»Smith gleich Kommiß – General gleich fatal!«

Der Fahrer bewegte den Kopf. »Studenten!« sagte er, und die Verachtung war unverkennbar. »Damit ändern sie auch nichts, verstopfen bloß die Straßen.«

Vielleicht wäre ich, hätte es diese Bemerkung des Fahrers nicht gegeben, ein unbeteiligter Zuschauer der Demonstration geblieben. Nun jedoch mußte ich daran denken, daß auch ich in meiner Studentenzeit auf den Straßen demonstriert hatte, und wieder, wie damals, fühlte ich mich von einem Gefühl unauflöslicher Verbundenheit mit allen diesen jungen Männern und Mädchen erfüllt, die sich auf der Straße zusammengefunden hatten, um dem politischen Feind, der jederzeit die Hand auch nach der Venus ausstrecken konnte, ihr Nein entgegenzuhalten; und als mich dieses Gefühl überkam, verspürte ich zum erstenmal das Bewußtsein einer ungeheuren Macht, für die es keine Grenzen gab und keine geteilte Welt. Ich spürte, daß, wenn alle Menschen, die guten Willens waren, in der EAAU wie in den VOR, sich zu einer einheitlichen Willensäußerung zusammenschlössen, es ihnen möglich sein sollte, diese Welt, die sie gemeinsam bewohnten, von allen Friedensbedrohern zu säubern. Plötzlich verstand ich, was Präsident Hirschmann am Tage seines Rücktritts gemeint hatte, als er sagte: »Die grundlegende politische Realität ist in jedem Fall die Tatsache, daß alle politischen Realitäten veränderbar sind.«

Der Zug der Demonstranten umspülte das Taxi wie ein Fluß, der sich vor einem Hindernis teilt, von beiden Seiten.

Auf einmal drängte es mich, der Bemerkung des Fahrers meine eigene Überzeugung entgegenzustellen, und darum sagte ich:

»Eines können Sie mir glauben: Wenn nicht wir, dann wird diese Jugend es einst schaffen, daß es keine größenwahnsinnigen Generäle mehr geben wird.«

Der Fahrer schürzte die Lippen. »Die?«

»Ja, die!« bestätigte ich und erhaschte gerade noch einen Blick auf das letzte der vorüberschwankenden Transparente: UNABHÄNGIGKEIT FÜR DIE VENUS!

Das war eine offene Kriegserklärung an Smith, und ich begann über die Konsequenzen nachzudenken. Eine solche Forderung zu dieser Stunde zu erheben, konnte bedeuten, dem Präsidenten Bellini den letzten Rest festen Bodens unter den Füßen wegzuziehen, auf dem er noch stand, andererseits mochte ihre Verwirklichung einen Weg darstellen, sich aus den Wirren eines Machtkampfes herauszuhalten.

Vor dem Hotel angekommen, stieg ich aus, zahlte und begab mich zur Rezeption. Ich nahm mir ein Zimmer und meldete ein Gespräch zur Erde an.

»Wir werden es versuchen«, sagte der Empfangschef, »aber ich kann Ihnen nichts versprechen. Mit Metropolis mag‘s vielleicht klappen, vor drei oder vier

Stunden jedenfalls haben wir noch Verbindung gehabt. Bei Europa und Amerika dagegen ist es hoffnungslos.«

Bevor ich mich von einem Angestellten zu meinem Zimmer führen ließ, bat ich noch darum, mir das Gespräch, sobald es kam, durchzustellen. Ich mußte einfach wissen, wie es Ruth ging. Die Sorge um sie begann unerträglich zu werden.

Das Hotel war erst kürzlich eröffnet worden: eine anscheinend freischwebende Kuppel über riesigen Glaswänden, die – von außen nach innen undurchsichtig – die blühende Gartenlandschaft zu einem Teil der Zimmer werden ließen.

Diese selbst waren mit antiken Möbeln wohnlich eingerichtet. Der Transport von der Erde hierher mußte ein mittleres Vermögen gekostet haben, doch offenbar zahlte sich diese Kapitalanlage aus. Das Hotel war stets gut belegt, und nur weil man mich gut kannte, hatte ich mein Zimmer auf Anhieb bekommen.

Ich warf die Mütze aufs Bett, zog die Jacke aus und schaltete das Fernsehen ein. Vom Sessel aus wühlte ich mich durch die Vielzahl der Programme, bis ich das richtige gefunden hatte.

Es war eine Direktübertragung aus Metropolis.

Präsident Bellini sprach: wiederholter Aufruf an die meuternden Armee–Einheiten, sich unverzüglich wieder der legalen Gewalt zu unterstellen, und mahnende Beschwörung an die Völker der EAAU, treu zur verfassungsmäßigen Regierung zu stehen und sich nicht durch die Parolen des Generals beirren zu lassen.

Der Präsident machte auf mich einen erschöpften und übernächtigten Eindruck, um Jahre gealtert. Er war unrasiert, und seine Augenlider waren gerötet.

Ich erinnerte mich seiner als eines glänzenden Rhetorikers. Diesmal jedoch kamen seine Sätze atemlos und abgehackt – Sätze eines Mannes, der sich ohne Hoffnung gegen sein Schicksal stemmte.

Die Geschichte der Menschheit hallt wider von solchen Sätzen: letzte Beschwörungen vor der Katastrophe, letzte Botschaften in der Stunde des Unterganges, Stimmen der Verzweiflung in Augenblicken höchster Not, Signale schon preisgegebener Hoffnung am Rande des Abgrunds.

»Bürger und Bürgerinnen der Vereinigten Kontinente, noch liegt es in unser aller Hand, die freigewählte Ordnung unseres Staates zu behaupten ...«

Bellinis Rede beruhigte mich bis zu einem gewissen Grad wieder. Auf jeden Fall war Metropolis, die Hauptstadt, noch unter Kontrolle der Regierung. Die endgültige, unwiderrufliche Entscheidung war also noch nicht gefallen. Ich begann mir einzureden, Bellinis Ansprache würde die Wende zum Guten bringen, und daß ein Putschversuch noch keine Machtergreifung darstellte.

Ich schaltete um auf ein anderes Programm, und alle meine Selbstüberredungskünste fruchteten nicht mehr. Die Übertragung kam aus Berlin, meiner Heimatstadt, und da waren sie, die Laser–Batterien des Generals Smith: hitzeunempfindliche, strahlensichere, nahezu unverwundbare Kolosse aus einer Kunststofflegierung, die hundertmal widerstandsfähiger war als der beste Stahl, perfekte Vernichtungsmaschinen, die pfeilschnell dahinschweben konnten, denen kein Hindernis zu hoch, zu breit oder zu tief war. Die nächsten Bilder kamen in rascher Folge aus Paris, London und Madrid, aus Rom, Helsinki und Moskau, und die Stimme eines Sprechers verkündete, daß die Flagge der neuen Ordnung praktisch bereits über allen Städten Europas wehte.

Es folgte eine Ansprache des Generals.

»Völker der drei Kontinente, lange genug sind wir von einer Handvoll Verräter von einer Talsohle in die andere geführt worden ...«

Ich schaltete um auf ein regionales Programm. Ein Nachrichtensprecher gab bekannt, daß der Große Rat unter Hinzuziehung des Oberkommandierenden der Venus, Colonel Larriand, zu einer außerordentlichen Sitzung zusammengetreten war, um über die jüngste politische Entwicklung auf der Erde zu beraten und um sich gegebenenfalls über geeignete Abwehrmaßnahmen gegen ein Überspringen der Putschbewegung schlüssig zu werden.

Das Telefon summte. Ich drückte auf den Knopf. Der Empfangschef war im Bild. Er konnte mir nur mitteilen, daß es ihm noch nicht gelungen war, mein Gespräch zur Erde durchzustellen. Ich bat ihn, es auch weiterhin zu versuchen, und er versprach es mir, meinte jedoch, ich sollte mir keine großen Hoffnungen machen. Ich trug ihm auf, mein Gespräch dringlich zu machen, und wartete weiter – und je länger ich wartete, desto unruhiger wurde ich wieder. Ich rannte in meinem Zimmer auf und ab, rauchte eine Zigarette nach der anderen und blickte alle zwei Minuten auf die Uhr.

Metropolis sendete eine Festspielübertragung mit klassischer Musik.

Die Laser–Batterien des Generals krochen durch Wien, Warschau und Lissabon.

Der Große Rat tagte hinter verschlossenen Türen, während davor einige Journalisten ihre Mutmaßungen anstellten.

Das Gespräch kam kurz vor 24 Uhr Metropolis–Zeit, und das erste, was ich vernahm, war die automatische Ansage der Vermittlung, die mir bekanntgab, daß die Verbindung zwar hergestellt sei, die Bildübertragung jedoch leider gestört bliebe. Dann drang endlich Ruths geliebte Stimme an mein Ohr.

»Mark ... Mark, wo bist du?«

»Auf der Venus«, sagte ich, »vor ein paar Stunden gelandet. Morgen früh geht's wieder ankerauf. Aber was viel wichtiger ist: Was hast du mir zu sagen?«

»Oh Mark!« Ruths Stimme klang verstört. »Ich weiß gar nicht, womit ich anfangen soll. Alles ist so ein schreckliches Durcheinander. Man weiß gar nicht mehr, was eigentlich los ist. Präsident Bellini ist gerade zurückgetreten. Hirschmann soll wieder Präsident werden. Man meint, nur er könnte mit der Lage noch fertig werden.

»Zum Teufel mit Hirschmann!« sagte ich laut. »Mich interessiert nur, was aus dir wird. Hör zu, Ruth – du mußt deine Stellung aufgeben, unbedingt. Wenn Smith sich durchsetzt, steht Hirschmann auf seiner Abschußliste ganz obenauf. Tauch unter, geh zu Freunden – nur gib diese verdammte Arbeit auf!«

»Mark –«

»Ja.«

»Mark, das sagst du doch nicht im Ernst. Wir können doch nicht einfach kapitulieren.«

»Und ob wir das können müssen!« schrie ich. »So wie die Dinge stehen, geht's bei uns bald um Kopf und Kragen. Willst du mit Hirschmann allein Krieg führen gegen eine ganze toll gewordene Welt? Tauch unter, geh in Deckung, wart ab, bis das Schlimmste vorüber ist!«

»Von Verantwortung«, hörte ich Ruth sagen, »hältst du wohl gar nichts mehr?«

»Verantwortung ist gut, wenn sie sich in Grenzen hält«, sagte ich. »Wer sich einbildet, er müßte für die ganze Welt verantwortlich sein, geht daran zu Grunde. Nur ein Narr steigert sich in so etwas hinein – nur ein Narr oder von mir aus auch ein Heiliger, Aber du und ich, wir sind beides nicht, und, verdammt nochmal, wir haben nur dieses eine Leben.«

Ich bekam keine Antwort mehr.

»Ruth«, sagte ich, und Angst schnürte mir die Kehle zu, »Ruth, um Gottes willen, so melde dich doch! Ruth!«

Ich wiederholte das, bis ich mich heiser geschrien hatte, aber die Verbindung blieb unterbrochen und ließ sich auch nicht wiederherstellen.

Kapitel 04

Keine zehn Minuten nach meinem Gespräch mit Ruth war ich wieder unterwegs.

Ein Taxi brachte mich zu den Vereinigten Fernsehstudios, wo ich mich durchfragte, bis ich den Mann gefunden hatte, von dem ich mir Hilfe versprach: einen flüchtigen Bekannten namens Jungk, dem ich vor einiger Zeit einmal einen Gefallen erwiesen hatte. Nun bat ich ihn um eine Gegenleistung.

»Ich brauche eine Verbindung zur Erde«, sagte ich. »Und zwar muß ich noch heute mit Tom Collins sprechen.«

»Meinen Sie Tom Collins, der immer die Kommentare spricht?« erkundigte sich Jungk.

»Genau den«, sagte ich. »Ich würde Sie wahrhaftig nicht um diesen Gefallen bitten, wenn es nicht wichtig wäre.« Mein Bekannter zögerte, und ich spürte, daß er mit sich rang. Schließlich nickte er:

»Also gut – vorausgesetzt, Collins befindet sich noch im Studio. Was wir hier kombinieren, ist zwar nicht ganz legal – aber als ich Ihre Hilfe in Anspruch nahm, haben Sie auch nicht nach der Legalität gefragt.«

Ich hatte Jungk seinerzeit zu einem Flug mit einem VEGA–Schiff verholfen, obwohl das gegen die Vorschriften ging.

Was das Telefonat nicht vermochte, ermöglichte das Fernsehen. Mein Bekannter führte mich zu einem Monitor, und bald darauf hatte ich Tom Collins' unbekümmertes Gesicht vor mir.

»Zur Sache, Mark!« sagte er. »Ich muß in drei Minuten meinen Kommentar sprechen.«

»Wie frei darf ich mich ausdrücken, Tom?« fragte ich.

»So frei, wie du willst«, sagte er und lachte. »Vorausgesetzt, es stört dich nicht, daß die ganze Welt mithören kann.«

Tom Collins‘ Gelassenheit flößte mir neue Zuversicht ein. Wir waren seit vielen Jahren befreundet und konnten einander nur noch wenig vormachen. Seit langem schon war er Moderator einer aktuellen Fernsehsendung, die sich vorwiegend mit politischen Themen befaßte: ein Journalist, der das Gras wachsen hörte und ein Meister der scharfzüngigen Formulierung. Im übrigen wohnten wir Wand an Wand, sein Appartement grenzte an das meine, und die Türen dazwischen waren so gut wie nie verschlossen.

»Tom«, sagte ich, »wie ernst ist die Lage wirklich? Hier auf der Venus erfahre ich nur Stückwerk.«

»Hör dir meinen Kommentar an«, sagte er.

»Ich will nicht deinen Kommentar hören, Tom«, sagte ich, »sondern deine persönliche Meinung. Verdammt, wozu sonst sind wir befreundet?«

Sein Blick irrte ab – wahrscheinlich suchte er die Uhr. Dann jedoch kehrte er zu mir zurück.

»Kein Grund, um in Panik zu machen, Mark«, sagte er. »Hirschmann schmeißt den Laden schon, und dem General beginnt die Puste auszugehen. Zugegeben, seine Anfangserfolge sind spektakulär, aber mehr und mehr stellt es sich heraus, daß er die öffentliche Meinung gegen sich hat. Und da du auf meine persönliche Meinung Wert legst, hier ist sie: In spätestens achtundvierzig Stunden sitzt der General in einem Raumschiff, das ihn ins Exil zurückbringt.«

»Ich mache mir Sorgen«, sagte ich, »um Ruth.« Tom Collins lachte.

»Blödsinn. Hier in Metropolis spielt sich nichts ab. Die Raumkampfverbände sind regierungstreu, und Laser-Batterien können nun mal nicht so weit schwimmen. Wenn der General uns einen Besuch abstatten will, muß er schon wohl oder übel über das Wasser laufen.« Wieder irrte sein Blick ab. »Nichts für ungut, Mark, so gern ich noch mit dir plaudern würde, aber mein Rotlicht muß jede Sekunde kommen. Mach‘s gut und auf bald! Übrigens, dein Whisky schmeckt ausgezeichnet.«

Der Monitor wurde schwarz, Tom Collins hatte sich ausgeblendet. Ich stand auf und bedankte mich bei Jungk.

Er würde deswegen, so sagte ich, doch hoffentlich keine Unannehmlichkeiten bekommen, und er erwiderte, eine verunglückte Testschaltung ließe sich in einem solchen Fall immer als glaubwürdige Entschuldigung vorschieben. Er sei froh, eine Gelegenheit gehabt zu haben, sich zu revanchieren, und wir sollten doch irgendwann einmal wieder ein Gläschen zusammen trinken. Wir schieden in guter Freundschaft – ich mit einem Gefühl der Erleichterung, weil sich meine Sorgen als unbegründet herausgestellt hatten.

Tom Collins war, wenn man von seinen Mädchen–Geschichten absah, ein durch und durch verläßlicher und gewissenhafter Mensch, und da er überdies noch über ein Maß an Informationsmöglichkeiten verfügte, das mir vorenthalten war, hatte ich allen Anlaß, ihm zu glauben.

Meine Stimmung hatte sich gehoben, und als ich an der Lichtreklame einer Bar vorbeikam, in der Ibaka und Stroganow zu dieser Stunde zu vermuten waren, ließ ich das Taxi ohne mich weiterfahren.

Meine Ahnung stellte sich als Volltreffer heraus. Ich hörte es, kaum daß ich eingetreten war.

Auf der ganzen Welt gab es nur einen einzigen Menschen, der einer normalen Schlagzeug–Batterie diesen zugleich höllischen wie elektrisierenden Lärm entlocken konnte.

Ibaka saß hemdsärmelig auf dem Podium – mit schweißnassem, verzücktem Gesicht und verdrehten Augen – und bearbeitete das Fell mit den nackten Händen. Als er mich erkannte, zeigte er mir mit glückseligem Lächeln seine perlweißen Zähne.

»Hallo, Captain. Hat Sie der Ruf der Wildnis angelockt?«

»Ich hatte plötzlich Sehnsucht nach euren Gesichtern«, sagte ich. »Aber da wußte ich noch nicht, daß ihr euch in Kannibalen verwandelt habt.«

Der Rhythmus wurde hektischer, und fast widerwillig merkte ich, daß er mir ins Blut zu gehen begann. Das war kein gewöhnliches Schlagzeug mehr. Unter Ibakas Händen hatte es sich in eine der alten Kongo–Trommeln verwandelt und forderte auf zu Tanz und Ekstase, zu Kampf und plötzlicher Wildheit.

»Afrika«, sagte Ibaka. »Afrika, Captain. Was zum Teufel weiß man hier, was das ist: Afrika! Ich habe es in dieser gelackten Welt ja selbst schon fast vergessen.«

Er hatte den Oberkörper zurückgelehnt und hielt ihn unbeweglich. Nur seine Hände zuckten über das Fell, schwarze huschende Flammen, und das Fell dröhnte, und die Wildheit war eine einzige Verlockung.

Ich entdeckte Stroganow und drängte mich zu ihm durch. Ein Glas Orangensaft in der Hand, lehnte er an der Theke.

»Hat er viel getrunken?« fragte ich.

»Nicht mehr als ich«, sagte Stroganow. »Und ich halte mich schon seit ein paar Stunden an diesem Zeug hier fest.« Er wies sein Glas vor. »Es heißt, es sei gesund.«

»Von mir aus«, sagte ich, »könnt ihr trinken, was ihr wollt, nur seid pünktlich am Start. Wenn ich den Commander richtig einschätze, ist auch dies ein Gebiet, auf dem er keinen Spaß verträgt.«

Stroganow spielte mit seinem Glas.

»Der Commander«, sagte er, »ist ein scharfer Hund. Wenn‘s etwas gibt, was ich nicht vertragen kann, dann sind es Militärallüren. Aber er hat auch seine guten Seiten, Captain.«

»Auf jeden Fall«, sagte ich, »hat er um sieben Uhr fünfundvierzig Metropoliszeit Anspruch auf eine einigermaßen nüchterne Besatzung.« Ich bestellte ein Bier und setzte mich auf einen der Hocker. »Was ist der Anlaß zu dieser Trommelei?«

Stroganow hob die Schultern.

»Kein Anlaß, Captain. Manchmal überkommt‘s ihn eben. Erst fing er an, mir von Afrika zu erzählen, und dann kaufte er dem Schlagzeuger für eine Stunde das

Schlagzeug ab. Was daraus geworden ist, hören Sie selbst.«

Die Trommel dröhnte noch lauter und schneller als zuvor. Ibakas Gesicht glänzte, in großen Tropfen rollte der Schweiß über seine Wangen, sein Atem ging schnell und stoßweise. Das alte Afrika war in ihm lebendig geworden und führte seine Hände. In diesem Augenblick, glaube ich, war er nicht er selbst, sondern die Summe unzähliger Vorfahren unter heißem Himmel. Der Rhythmus wurde gewalttätig.

Stroganow sah mich von der Seite her nachdenklich an. »Ich frage mich, Captain, ob Sie ihn verstehen.«

»Sie?« fragte ich zurück. Er nickte langsam.

»Wildheit im Blut«, sagte er. »Manchmal bricht sie durch. Der Mensch muß ein Ventil haben. Maschinen allein machen nicht glücklich.«

Die Trommel war jäh verstummt. Ibaka sprang auf und stieß einen heiseren Schrei aus. Dann stand er plötzlich still – mit geschlossenen Augen. Als er sie wieder öffnete, lächelte er.

»Und jetzt, Captain«, sagte er, »bin ich wieder nichts anderes als ein unterbezahlter Bordingenieur.«

Wir tranken noch etwas zusammen, und ich erzählte, was ich von Tom Collins gehört hatte, dann zahlten wir und brachen auf. Auf der Straße patrouillierte schwerbewaffnetes Militär, aber wir wurden nicht angehalten.

Kapitel 05

In der Abfertigungshalle wetteiferte ein Dutzend Lautsprecher miteinander, und es herrschte ein ziemliches Geschiebe und Gedränge. Einige Kurzstreckenflüge wurden in rascher Folge zum Start aufgerufen, einige andere als soeben eingetroffen gemeldet. Ein paar mir bekannte Piloten winkten mir zu, und ich grüßte zurück; eine Stewardeß, an die ich mich beim besten Willen nicht erinnern konnte, schenkte mir ein freundliches Lächeln. Stroganow und Ibaka warteten bereits im Büro des Stationsmeisters. Ich stellte mich neben sie und las die neuesten Meldungen, die über den Projektor kamen.

Die Lage auf der Erde war unverändert unklar und verworren, und im Grunde erfuhr man nur, was ich bereits wußte: daß Präsident Bellini von seinem Amt zurückgetreten war, um Samuel Hirschmann, dem großen alten Mann, Platz zu machen.

Commander Harris erschien pünktlich auf die Minute, unterschrieb die erforderlichen Formulare, und dann fuhr auch schon der Transporter vor, und wir stiegen ein. daran war nicht allein die frühe Morgenstunde schuld. Stroganow las mit gerunzelter Stirn einen Brief, der von seiner Frau stammen mochte, und Ibaka rauchte mit halbgeschlossenen Lidern eine Zigarette. Vielleicht war auch er in Gedanken bereits bei seiner Familie.

An Bord von Delta VII ging ich in gewohnter Weise mit dem Commander die Checkliste durch. Danach waren wir klar zum Start. Es war genau 7.45 Uhr. Commander Harris rief VEGA, und VEGA meldete sich sofort.

»Wir hören Sie gut, Delta VII. Bitte kommen!«

»Delta VII auf Venus meldet sich startklar«, sagte der Commander. »Gibt es irgendwelche entgegenlautenden Order?«

»VEGA an Delta VII«, kam die Antwort. »Wir bestätigen Startmeldung von der Venus und wünschen einen guten Flug. Ende.«

Commander Harris wechselte die Frequenz und rief den Kontrollturm. Wir wurden zum Start freigegeben. Das Ritual des Abhebens begann.

»Triebwerk zünden!«

Ich drückte auf den roten Anlasserknopf. »Triebwerk läuft, Sir.«

Commander Harris wandte sich an Stroganow. »Kurs?«

»Kurs errechnet und kontrolliert«, erwiderte Stroganow. »Vom Piloten entgegengenommen und bestätigt.«

Commander Harris zögerte noch für die Dauer eines Atemholens, dann neigte er leicht den Kopf.

»Start frei!«

Ich gab das Triebwerk frei, und Delta VII hob ab. Die Beschleunigung preßte uns in die Sitze, machte uns apathisch und benommen und unterband vorübergehend jedes Gespräch.

Dieser Augenblick des Starts mit seiner enormen Belastung von Herz und Kreislauf lieferte einen der Gründe, weshalb wir uns regelmäßig jedes Vierteljahr einer gründlichen ärztlichen Untersuchung zu unterziehen hatten, die jedesmal drei volle Tage in Anspruch nahm.

Bei der Passagierfahrt waren die Belastungen geringer, trotzdem brauchten selbst die Passagiere vor jedem Start ihre grüne Karte: die ärztliche Unbedenklichkeitsbescheinigung.

Erst nachdem Delta VII normale Reisegeschwindigkeit erreicht hatte, ließ der Druck nach, und die Benommenheit fiel von uns ab. Ich kontrollierte die Armaturen und meldete dem Commander, daß wir uns auf programmiertem Kurs befanden und daß ich nun auf Selbststeuerung umschaltete. Commander Harris bestätigte und hob die Manövrierbereitschaft auf – was bedeutete, daß wir, wenn alles planmäßig und ohne

Zwischenfälle verlief, bis zur nächsten routinemäßigen Manövrierbereitschaft kurz vor der Landung mit unserer Zeit tun und lassen konnten, was wir wollten, abgesehen von den kleinen Pflichten, die immer zu tun übrigblieben.

Ibaka schnallte sich als erster los und sagte, er würde jetzt seinen Kontrollgang machen – was in gewisser Weise eine Übertreibung darstellte, denn überall dort im Schiff, wo die regelmäßige Überwachung am wichtigsten war, mußte er auf allen Vieren kriechen.

Auch Stroganow stand auf und gähnte hinter vorgehaltener Hand.

»Nun – wenn keiner was dagegen hat, werd' ich noch eine Runde schlafen.«

Ich selbst verbrachte die folgenden dreißig Stunden abwechselnd mit Lesen, Schlafen, kleinen technischen Kontrollen, wozu auch die Kursüberwachung gehörte, und Nachdenken. Eingewiegt vom rhythmischen Vibrieren des Triebwerks, schlief ich einmal sogar volle sieben Stunden in einem Zuge durch.

Am 23. September um 15.30 Uhr befragte Stroganow den Computer und ermittelte eine geringfügige Kursabweichung, und ich übertrug die neuen Werte in die automatische Steuerung. Anschließend schaltete ich das Landeradar ein. Als kleiner, kaum erkennbarer Lichtpunkt zeichnete sich darauf die Erde ab.

Ich war schon im Begriff, das Gerät wieder abzuschalten, und wollte mich noch einmal in den Ruheraum zurückziehen, als mir etwas auffiel, was nicht ins Bild gehörte und Sekunden zuvor noch nicht dagewesen war. Eine Anzahl von Reflexen war auf einmal auf dem Schirm aufgetaucht – Reflexe, die sich auf uns zu bewegten. Sie waren noch viel zu weit entfernt, als daß Kollisionsgefahr bestanden hätte, und darum sprach auch die akustische Warnvorrichtung des Raumüberwachungradars nicht an, dennoch bestürzte mich die Zielstrebigkeit dieser Reflexe.

Als sich eine halbe Minute später an dieser Zielstrebigkeit noch nichts geändert hatte, war ich mir fast sicher, daß das kein Zufall sein konnte. Einen Augenblick lang rang ich mit mir, ob ich den Commander wecken sollte oder nicht. Eine Anzahl von Reflexen auf dem Radarschirm, noch jenseits der Gefahrenschwelle, waren nicht unbedingt ein sein Erscheinen bedingender triftiger Anlaß. Ich gab noch fünfzehn Sekunden zu, dann rief ich ihn.

»Pilot an Commander: Bitte in den Kommandoraum kommen!«

Über die Bordsprechanlage kam aus dem Ruheraum Commander Harris' Bestätigung:

»Hier Commander. Ich komme, Brandis.«

Einen Augenblick später war er bereits zur Stelle und nahm seinen Platz ein. Mochte meine Durchsage ihn auch in festem Schlaf vorgefunden haben, wie er da neben mir saß, war er hellwach.

»Also?«

»Radarkontakt, Sir. Kampfschiffe im Formationsflug auf Kollisionskurs.«

Commander Harris warf einen Blick auf die Radarschirme, und seine Lippen wurden zu schmalen blassen Strichen.

»Steht unser Flug immer noch unter Kontrolle?«

»Ja, Sir«, sagte ich.

Commander Harris brauchte mir nicht zu erklären, worum es ihm bei seiner Frage ging. Artikel 208, Absatz 1, der Raumfahrtordnung lautete klipp und klar: *Kampfschiffe auf Patrouille haben Raumschiffen im kontrollierten Flug durch rechtzeitiges Ausweichen freie Bahn zu geben.* Und zum Ausweichen wurde es allmählich Zeit. Ich sagte: »Entweder die schlafen allesamt, Sir, oder sie haben mit voller Absicht auf stur geschaltet.«

Noch während ich das sagte, überschritten wir die Gefahrenschwelle, und die akustische Warnvorrichtung begann zu schnarren.

Commander Harris würdigte mich keiner Antwort, sondern wählte statt dessen die der militärischen Raumfahrt vorbehaltene Frequenz.

»Delta VII an Raumpatrouille. Wollen Sie uns über den Haufen rennen – oder was zum Teufel haben Sie vor?« Die Antwort kam sofort.

»Raumpatrouille an Delta VII. Schließen Sie sich uns an und folgen Sie!«

Commander Harris' Gesicht lief rot an, aber seine Stimme blieb kühl, sachlich und beherrscht.

»Delta VII befindet sich im kontrollierten Anflug auf VEGA, Metropolis. Ohne Aufforderung durch VEGA setzen wir unseren Flug unverändert fort.«

Wieder ließ die Antwort nicht auf sich warten.

»Raumpatrouille an Delta VII. Sie brechen den kontrollierten Anflug auf Metropolis ab und folgen uns. Das ist ein Befehl.«

Commander Harris atmete einmal tief durch, bevor er bestätigte.

»Verstanden, Raumpatrouille. Der Ordnung halber weise ich Sie darauf hin, daß die Unabhängigkeit der VEGA von der Militärgewalt Teil unserer Verfassung ist.«

Der Lautsprecher antwortete ungerührt:

»Wir wollen nicht diskutieren, Delta VII. Zwingen Sie uns nicht, dem Befehl mit Gewalt Nachdruck zu verleihen. Ich wiederhole: Brechen Sie den kontrollierten Anflug ab, und schließen Sie sich uns an!«

»Verstanden«, sagte Commander Harris eisig. »Sie haben mich überzeugt.« Seine nächsten Worte galten mir: »Automatische Steuerung ausschalten, klar zum freien Manöver!«

»Delta VII klar zum freien Manöver, Sir«, sagte ich. »Danke«, sagte Commander Harris knapp.

Ich wandte meine Aufmerksamkeit wieder dem Radarschirm zu – bereit, Delta VII in die Formation der Kampfschiffe einzufügen. Es waren zehn Zerstörer vom Typ Taurus: flinke, schwerbestückte Abfangjäger, die sogar einem Großkampfschiff gefährlich werden konnten. Die Formation hatte sich zu teilen begonnen, ein routiniert durchgeführtes Manöver. Zwei der Zerstörer schwenkten nach Steuerbord ab, zwei nach Backbord, und je drei nahmen uns von oben und unten in die Zange.

»Sir«, fragte ich, »wie soll ich mich verhalten?«

Commander Harris machte ein steinernes Gesicht. »Einordnen und folgen!«

»Aye, aye, Sir!« sagte ich.

Es kam mich hart an, seine Entscheidung zu billigen, aber ich mußte zugeben, daß er recht hatte. Wir befanden uns gewissermaßen im Polizeigriff – freilich nicht ganz so wehr- und hilflos, wie unsere Bewacher annehmen mochten.

Commander Harris drückte den Alarmknopf. Stroganow und Ibaka erschienen und nahmen wortlos ihre Plätze ein.

»Alarmbereitschaft!« sagte der Commander. »Eine Raumpatrouille hat uns soeben zu einer Kursänderung gezwungen. Die Bereitschaft dauert an bis zur Landung.«

Stroganow fragte ruhig: »Darf man erfahren, Sir, mit welchem Recht man uns dazu zwingt?«

Commander Harris blickte auf den Radarschirm. Deutlich erkannte man, daß die Eskorte gewendet und Delta VII in die Mitte genommen hatte. Die seitlichen Bewacher flogen so nah, daß man sie durch die Cockpitscheiben sogar mit bloßem Auge erkennen konnte: kleine silberne Pfeile vor der Schwärze des Raumes. Ihre Scheiben blitzten und blinkten.

»Von Recht war nicht die Rede, wohl aber von Gewalt.«

Ich erhöhte ein wenig die Triebwerkleistung, um Delta VII der von der Eskorte geflogenen Geschwindigkeit anzupassen. Die erzwungene plötzliche Kursänderung hatte meine ganze Navigation über den Haufen geworfen, und ich zerbrach mir den Kopf darüber, auf welchem Kurs wir uns wohl befinden mochten. Aus dem Umstand, daß die Kursänderung nur geringfügig war, schloß ich, daß unser Ziel weiterhin die Erde war. Metropolis freilich konnte es nicht mehr sein.

»Sir«, bemerkte Ibaka, »ich möchte Sie bitten, mir eine Frage zu beantworten: Warum machen wir nicht einfach Dampf auf und setzen uns ab?«

Ich war sicher, daß Commander Harris diese Möglichkeit bereits selbst in Betracht gezogen hatte. Delta VII war ein Prototyp: ausgerüstet mit einem verstärkten Atomtriebwerk und den Taurus–Zerstörern an Geschwindigkeit weit überlegen. Die Versuchung, den Befehl der Raumpatrouille in den Wind zu schlagen, war sicherlich auch für den Commander groß – und weil ich der Meinung war, daß es nur noch eines letzten Anstoßes bedurfte, um ihn zu einer Sinnesänderung zu veranlassen, fügte ich Ibakas Worten hinzu:

»Stimmt, Sir. Wenn wir alles einsetzen, was wir unter der Haube haben, sehen diese Bastarde nur noch unsere Schlußlichter.«

Auch ich hatte, als ich das sagte, die Chancen einer Flucht erwogen, und weil das Moment der Überraschung auf unserer Seite war, glaubte ich ziemlich sicher zu sein, daß wir ungeschoren davonkommen würden.

Commander Harris schwenkte auf seinem Stuhl brüsk zu mir herum.

»Seit wann, Brandis«, erkundigte er sich mit einer Mischung von eisiger Kälte und ätzendem Spott, »führen Sie hier eigentlich das Kommando?«

Ich biß mir auf die Lippe und blieb ihm die Antwort schuldig. Auch Ibaka und Stroganow schwiegen betroffen.

Commander Harris ließ ein paar Sekunden verstreichen, dann fügte er etwas gemäßigter hinzu:

»Spätestens nach der Landung werden wir die Sachlage klären. Bis dahin befolgen wir die Befehle und Anweisungen der Raumpatrouille. Wir werden nicht dafür bezahlt, uns und unser Schiff in unnötige Gefahr zu bringen.« Er blickte mich von der Seite her an. »Ich hoffe, Sie akzeptieren diese Entscheidung.«

Ich starrte geradeaus auf den Radarschirm, auf dem die Taurus–Zerstörer ihre unbeirrbare Bahn zogen: helle Lichtpunkte, die jederzeit zu großen huschenden Schatten werden konnte, wenn sie in jäher Wendung zum Angriff ansetzen sollten. Nie zuvor war mir so unmißverständlich klargemacht worden, daß ich mit dem Platz des Kommandanten auch alle Entscheidungsfreiheit eingebüßt hatte.

»Aye, aye, Sir«, sagte ich. »Sie sind der Commander.«

Kapitel 06

Als sich gegen 19 Uhr die Raumpatrouille wieder meldete, wußten wir über unseren Kurs wenigstens so weit Bescheid, daß er – falls er in letzter Minute nicht noch einmal geändert wurde – auf das Mittelmeer zielte. Stroganow hatte wieder einmal seinen Computer befragt: eine Wissenschaft, deren Tore mir verschlossen blieben. Zwar konnte ich wie jeder andere Pilot auf vorprogrammiertem Kurs von einem Punkt zum anderen fliegen, doch im freien Manöver war ich von den Rechenkünsten meines Navigators abhängig.

Der Flug in der Formation war ohne weitere Zwischenfälle verlaufen und ohne daß man mit uns noch einmal Kontakt aufgenommen hätte, um uns über das uns aufgenötigte Landegebiet in Kenntnis zu setzen. Je länger wir jedoch auf diesem Kurs blieben, der uns dem Mittelmeer näher und näher brachte, desto geringer wurde die Auswahl, denn die Zahl der Landeplätze in diesem Gebiet ließ sich an den zehn Fingern herzählen. Der Umstand freilich, daß man uns nicht nach Metropolis eskortierte, sondern nach Europa, ließ mehr und mehr den Schluß zu, daß unsere Eskorte zu den von der Regierung abgefallenen Einheiten gehörte.

Wir konnten zwar gelegentlich hören, wie sich die Taurus–Piloten von Bord zu Bord unterhielten, aber ihre Witze und Scherze gaben weiter keine Auskunft, und wenn es um dienstliche Dinge ging, benutzten sie eine Fülle von Decknamen und Codewörtern, die auch dem Commander nicht geläufig waren.

Der Stimme im Lautsprecher ging ein sekundenlanges Knistern voraus.

»Wir entlassen Sie jetzt zum Anflug auf Asinara, Delta VII. Versuchen Sie keine Dummheiten zu machen. Wir bleiben in der Nähe. Bitte bestätigen Sie!«

Commander Harris drückte auf die Taste.

»Delta VII bestätigt Landegebiet Asinara.« Und mit unverkennbarer Ironie fügte er hinzu: »Im übrigen bedanken wir uns für die angenehme Gesellschaft.«

Danach rief er Asinara und forderte die Landeerlaubnis im freien Manöver an. Wir erhielten sie ohne jede weitere Rückfrage.

Nun, da ich wußte, daß ich in freiem Manöver aufsetzen mußte, vergaß ich Ärger und Wut. Meine Aufmerksamkeit reduzierte sich auf das unmittelbar Erforderliche.

Asinara, einst eine militärische Station, war vor knapp einem Jahr stillgelegt worden. Der Umstand, daß die Station antwortete, ließ erkennen, daß man sie wieder in Betrieb genommen hatte.

Ich streckte die Hand aus. »Die Asinara–Karte!«

Stroganow reichte sie mir, und ich prägte mir alles Wissenswerte ein.

Auf dem Radarschirm zeichnete sich der weiße Kranz der Brandung ab, der die beiden Inseln umschließt: Sardinien, die weitaus größere, und Asinara, nördlich davon.

Kurz vor dem Eintauchen drosselte ich das Triebwerk. Einige Sekunden lang schien Delta VII weiterhin mit rasender Geschwindigkeit auf die Erde zuzustürzen, während gleichzeitig Stroganow mit monotoner Stimme die sich rasch verringernden Höhenwerte bekanntgab, schon tauchten die Sendemasten und Radaranlagen von Asinara, mit bloßem Auge deutlich erkennbar, vor dem Cockpit auf, da, als ein jeder, der zum erstenmal eine solche Landung miterlebte, überzeugt sein müßte, daß dieser pfeilschnelle Sturzflug unweigerlich mit einer Katastrophe enden mußte, zog ich Delta VII in einer eleganten Schleife wieder hoch – und während ich im Moment des Aufbäumens die Leistung des Triebwerks weiter verringerte, hatte ich das Schiff plötzlich wieder voll in der Gewalt.

Jedesmal, wenn ich in freiem Manöver zur Landung ansetzte, kam für mich der Moment, wo ich eins wurde mit meinem Instrument, das sich so bedingungslos meinem Willen unterwarf. Niemals jedoch hatte ich ein Schiff gesteuert, das diese Begeisterung mehr verdiente als Delta VII. Nach zwei Monaten ununterbrochener Raumfahrt – sah man von dem kurzen Aufenthalt auf der Venus ab – entdeckte ich ausgerechnet zum Zeitpunkt einer erzwungenen Landung meine Liebe zu diesem Schiff.

Mit dem Heck voraus schwebte Delta VII der Erde entgegen und setzte auf: leicht wie eine Feder.

Ich schaltete das Triebwerk ab.

»Pilot an Commander«, sagte ich, »Delta VII gelandet und klar zum Vonbordgehen.«

Kapitel 07

Über dem Kontrollturm wehte die Flagge der neuen Machthaber: das blaue Tuch mit dem blutroten Flammensymbol. Nach Smith' Worten war das die Reinigende Flamme, mit der er den Erdball überziehen wollte, um ihn dann, wie einen Vogel Phönix aus der Asche, verjüngt und geläutert wieder auferstehen zu lassen.

Seine Gegner hatten im Spott einmal gesagt, ein explodierender Globus hätte seine Absichten wesentlich konkreter ausgedrückt, doch mittlerweile mochte ihnen das Spotten vergangen sein, wenn die Reinigende Flamme sie nicht gar schon zu Asche verbrannt hatte.

Meine zweite Wahrnehmung, kaum daß ich die Erde betreten hatte, waren zwei Laser–Batterien, die am Rande des Landeplatzes in Stellung gegangen waren und mich mit ihren Geschützen bedrohten, als stellte ich eine Gefahr für die ganze Menschheit dar. Die Geschütze waren natürlich genaugenommen nicht auf mich persönlich gerichtet, sondern ganz allgemein auf Delta VII, aber die stumme Drohung, die von ihnen ausging, schloß auch mich mit ein.

Und noch etwas registrierte ich mit einer persönlich geschärften Aufmerksamkeit, wie sie das Bewußtsein von Gefahr und Bedrohung erzeugt: Soldaten, die Waffen im Anschlag.

Neben mir bemerkte Ibaka: »Freundliche Gesten wirken oft leicht übertrieben«, doch mir war nicht nach Spaß und Scherz zumute, und ich gab keine Antwort.

Ein großer offener Wagen fauchte heran, und ein untersetzter Mann in ziviler Kleidung stieg aus. Der Fahrer blieb hinter dem Steuer sitzen. Seine Uniform war schwarz. Noch im Gehen streckte der Zivilist die Hand aus.

»Das Bordbuch, Commander!«

Commander Harris, das Bordbuch unter den linken Arm geklemmt, bekam weiße Lippen.

»Ich erhebe Protest«, sagte er, »gegen die Art und Weise, wie ein VEGA unterstelltes Raumschiff zur Landung gezwungen wird.«

»Seit vier Stunden«, erwiderte der Zivilist, »untersteht VEGA der Strategischen Raumfahrt. Ihr Protest ist wirkungslos, Commander. Würden Sie mir jetzt das Bordbuch aushändigen?«

Es war ein Augenblick höchster Spannung. Ich sah, wie der Commander mit sich rang, dann jedoch mußte er wohl entschieden haben, daß jeder weitere Protest sinnlos war, denn ohne noch ein Wort zu sagen, händigte er dem Zivilisten das Bordbuch aus. Dieser blätterte es flüchtig durch und steckte es ein.

Ich hatte keine Ahnung, wer er war und welchen Rang er in der neuen Hierarchie bekleidete, aber etwas in seiner Art flößte mir Furcht ein – vielleicht, weil er weder schrie noch drohte, sondern bei allem, was er tat und sagte, gelassen blieb wie ein Mensch, der sich seiner Macht völlig sicher ist.

Nachdem er das Bordbuch eingesteckt hatte, wies er uns an, den Wagen zu besteigen, und dabei kam es zu einem Zwischenfall. Um seiner Weisung Nachdruck zu verleihen, hatte er ein paar Soldaten herbeigewinkt, und nun kamen diese eilfertig auf uns zu, junge Burschen mit jenen leeren, gleichgültigen Gesichtern, wie sie absolute Unterwerfung hervorbringt.

Der Zufall wollte es, daß Stroganow ihnen am nächsten stand. Sie packten ihn und drängten ihn auf den Wagen zu. Stroganow wehrte sich und riß sich los, und ich, der ich diesen bärenstarken Sibiriaken nur zu gut kannte, dachte mit plötzlichem Entsetzen: *Gleich schlägt er zu, dann bringen sie ihn um.* Die Augen der Soldaten verrieten es mir: sie lauerten auf einen Anlaß, um ihre Gewalt zu bestätigen, auf eine Bewegung, die sie als

Auflehnung auslegen konnten, auf einen Vorwand zum Töten.

Auch Commander Harris hatte die Gefahr erkannt, denn er schrie:

»Fangen Sie keinen Streit an, Stroganow, sondern steigen Sie ein! Das ist ein Befehl.«

Aber Stroganow hörte nicht oder wollte nicht hören, denn während er vor den Soldaten zurückwich, knurrte er: »Faßt mich nicht an, sage ich euch! Faßt mich nicht noch einmal an!«

Nur noch Sekunden schienen uns von der Explosion zu trennen, da handelte der Commander. Er stieß den Zivilisten beiseite, war mit drei, vier raschen Schritten bei Stroganow und riß ihn herum – gerade, als einer der Soldaten zuschlug. Der Schlag traf den Commander ins Gesicht und riß ihm die Wange auf. Der Commander taumelte, aber er dachte nicht daran, Stroganow loszulassen, und schrie: »Reißen Sie sich zusammen und steigen Sie endlich in den Wagen, bevor ich die Geduld verliere!«

Das half. Stroganow ließ die Fäuste sinken und stieg ein. Wir anderen folgten, einschließlich des Commanders. Auch der Zivilist stieg zu, und der Transporter hob leicht ab und setzte sich in Bewegung. Commander Harris wischte sich mit einem gefalteten Taschentuch das Blut von der Wange.

»Ich möchte mir doch die Bemerkung gestatten«, sagte er, »daß diese Art des Empfangs ungewöhnlich ist.«

Der Zivilist streifte ihn mit einem ausdruckslosen Blick. »Das Witzeln wird Ihnen schon vergehen, Commander.«

Der Wagen überquerte den Platz, fauchte an den Abfertigungshallen vorüber und wandte sich dann dem Gefängnis zu, das noch aus der italienischen Nationalzeit stammte: ein granitfarbenes Gemäuer mit zinnenbewehrten Bastionen.

»Würden Sie wenigstens die Freundlichkeit haben«, sagte Commander Harris, »mir mitzuteilen, was man mit uns vorhat?«

Der Zivilist würdigte ihn keiner Antwort.

Vor dem Gefängniseingang hielt der Wagen an, und wir mußten aussteigen. Vier Männer in schwarzen Uniformen nahmen uns in Empfang. Auf ihren Mützen prangte das Flammensymbol. Ich warf dem Commander einen raschen Blick zu, und er hob ein wenig die Schultern. Demnach waren auch ihm diese schwarzen Uniformen unbekannt.

An einem Doppelposten vorüber wurden wir in das Gebäude geführt. Die Luft in den halbdunklen Gängen war kühl und moderig. Hier wurden wir vom Commander getrennt. Der Zivilist deutete mit dem Daumen auf ihn und sagte:

»Den da – zum Verhör! Die andern in eine Zelle.«

Es war sinnlos zu protestieren, und jeder Widerstand mußte Folgen haben. Auch Stroganow schien das mittlerweile eingesehen zu haben, obwohl es ihn nahezu übermenschliche Überwindung kosten mußte. Lediglich seine Augen verrieten, daß für ihn das letzte Wort noch nicht gesprochen war. So gutmütig und uneigennützig er im allgemeinen auch war, wenn er gekränkt wurde, entwickelte er das Erinnerungsvermögen eines rachsüchtigen Elefanten, und irgendwann, wenn keiner es mehr erwartete, zahlte er alles zurück. Im Augenblick jedoch beherrschte er sich, und damit fiel mir ein Stein vom Herzen.

Commander Harris nickte uns noch einmal zu.

»Meine Herren ...«

Dann wurde er abgeführt.

Ich sah ihm nach, wie er, straff und aufrecht, den dämmrigen Korridor entlang ging und mit jedem Schritt, den er tat, unmißverständlich ausdrückte, daß er von der Unterwerfung noch meilenweit entfernt war. In diesem Augenblick ging eine Wandlung in mir vor. Zum erstenmal erkannte ich hinter seinem pedantischen Äußeren etwas von seiner inneren Größe.

Eine schwere Hand legte sich auf meine Schulter, und einer dieser Schwarzuniformierten befahl:

»Ab geht die Post!«

Eine Zelle wurde aufgeschlossen, Ibaka und Stroganow traten ein, ich zögerte, der Schwarzuniformierte gab mir einen Stoß, der mich über die Schwelle beförderte, dann fiel die Tür klirrend ins Schloß. Ein Riegel wurde vorgeschoben. Die Schritte des Schwarzuniformierten entfernten sich.

»Manchmal«, sagte Ibaka, »geht fürsorgliche Behandlung entschieden zu weit.«

Er bot zuerst mir, dann Stroganow Zigaretten an, und wir lehnten uns rauchend gegen die Wand und versuchten, unsere Gedanken und Gefühle zu ordnen.

In der Zelle war es fast dunkel. Nur durch einen Spalt knapp unterhalb der Decke, kaum mehr als handbreit, sickerte etwas Tageslicht herein. Es gab weder eine Pritsche noch einen Schemel, nicht einmal einen Strohsack – nichts, worauf man sich setzen konnte.

Meine vordringlichste Empfindung war noch immer Zorn: über unsere Festnahme, unsere Rechtlosigkeit, unsere Ohnmacht. Die nackte, brutale Gewalt, der wir gegenüberstanden, war eine neue Erfahrung in meinem Leben. Bisher hatte ich stets mit der Überzeugung gelebt, daß unsere Zivilisation unerschütterlich sei: ein Höchstmaß an demokratischer Freiheit, in Jahrhunderten erkämpft und und gefestigt, eine aus sich herauswirkende Kraft, die, von der menschlichen Vernunft gebändigt, störungslos funktionierte.

Irgendwo im Gefängnis wurde gegen eine Tür gehämmert. Schlüssel klirrten, jemand schrie, schrie und schrie, wie ich noch nie jemanden schreien gehört hatte. Danach herrschte Stille.

Allmählich gewöhnten sich meine Augen an die Dunkelheit, und ich begann die Zelle zu untersuchen.

Stroganow sagte: »Sie vergeuden nur Ihre Zeit, Captain. An diesen Mauern sind schon andere gescheitert.«

Ich mußte ihm recht geben. Die Wände waren voller Inschriften und Zeichnungen, meist in italienischer

Sprache: »*Viva la libertá! 1941.*« Einen Herzschlag lang überkam mich das beklemmende Gefühl, als sei seit damals, seit Hitler, Mussolini und Stalin und wie die Diktatoren alle hießen, die Zeit nicht mehr weitergegangen. Mein Zorn schlug um in Mutlosigkeit.

»Captain«, fragte Ibaka, »haben Sie eine Ahnung, was man eigentlich von uns will?«

Genau das fragte ich mich selbst: eine verzweifelte Frage ohne Antwort, denn was immer ich an Gründen erfand und erwog, nichts davon wollte mir sinnvoll und logisch erscheinen. Es gab keine technischen Geheimnisse, die wir hätten ausplaudern können: VEGA verfügte über alle Unterlagen des Delta–Programmes, und in diesen Unterlagen war mehr enthalten, als wir nach einem Testflug je hätten sagen können. Aber andererseits war das die einzige Erklärung, die mir wenigstens einigermaßen plausibel erschien, denn warum sonst hatte man dem Commander gleich zu Anfang das Bordbuch abgenommen? Freilich: mit dem Bordbuch allein ließ sich kaum etwas anfangen. Um es auszuwerten, benötigte man die unzähligen Informationen, die in den VEGA–Computern schlummerten.

»Irgendwann« beantwortete ich Ibakas Frage, »werden wir es ja wohl erfahren.«

Er lächelte grimmig:

»Allmählich glaube ich fast selbst, daß wir alle Schwerverbrecher sind. Ich auf jeden Fall habe zumindest meine Schwiegermutter auf dem Gewissen, wenn nicht im Augenblick, dann bestimmt später.«

»Wie das?« erkundigte sich Stroganow mürrisch.

»Nun«, sagte Ibaka, »die alte Dame wird sich über meine Verhaftung totlachen.«

Ibakas Humor war anfangs ein kleiner Lichtschein, aber auch dieser Lichtschein wurde blaß und blasser, je mehr Zeit dahinging, ohne daß etwas geschah.

Als die Tür aufging, war es wie eine Erlösung. Doch nur der Commander wurde in die Zelle gestoßen – mit bleichem, schmerzverzerrtem Gesicht. Er blieb neben mir stehen, und ich sah mit Entsetzen, daß er taumelte – wie einer, der mit letzter Kraft gegen die Ohnmacht ankämpft. Stroganow kam mir zur Hilfe, und gemeinsam betteten wir Commander Harris auf den steinernen Fußboden. Ibaka zog seine Jacke aus, rollte sie zusammen und legte sie ihm unter den Kopf.

»Sir«, sagte ich, »Sir, was hat man nur mit Ihnen gemacht?«

Er versuchte sich aufzurichten, sank aber wieder zurück. »Auf jeden Fall«, sagte er, »haben sie mir eins klargemacht: daß wir unsere alten Vorstellungen von Recht und Ordnung abschreiben können.«

Draußen im Gang waren wieder Schritte zu hören.

»Sir«, sagte ich, »wonach hat man Sie gefragt? Wir müssen es wissen, wenn man uns die gleichen Fragen stellt.«

Ein paar Sekunden lang glaubte ich, der Commander hätte mich nicht gehört, aber dann bewegten sich seine Lippen.

»Sie wollen Angaben über das Triebwerk. Mit den Aufzeichnungen im Bordbuch können sie nichts anfangen, verstehen zu wenig von der Materie.«

Die Schritte näherten sich der Zellentür und hielten an.

»Ich verstehe, Sir«, sagte ich. »Aber warum, wenn VEGA ihnen gehört, holen sie sich die Informationen nicht an der Quelle?«

In Commander Harris' Augen ging etwas vor, was ich nicht gleich begriff. Später, als ich an diesen Augenblick zurückdachte, fiel mir ein, daß es ein Aufleuchten von Triumph gewesen sein mußte – Triumph, weil er die Hilflosigkeit dieser neuen Machthaber erlebt hatte.

»VEGA«, sagte Commander Harris, »ist erst von ihnen besetzt worden, als alle Delta-Unterlagen bereits vernichtet waren. Sie sind jetzt in gewisser Weise auf uns angewiesen – und das macht sie wütend.«

Ein Schlüssel fuhr von außen ins Schloß.

Ibaka, Stroganow und ich sahen uns an. Einen von uns würden sie jetzt holen – und irgendwann wieder einliefern, wie sie den Commander eingeliefert hatten: zerschunden und halbtot.

Ibaka nickte mir zu.

»Wie gut, Captain«, sagte er, »daß es für manche Dinge Spezialisten geben muß.«

Dann wurde ich zum Verhör geholt.

Ich weiß nicht, woher mir die Kraft kam, die nächsten Stunden zu überstehen, ich weiß auch nicht, wie es mir gelang, mich trotz meiner Angst auf den Beinen zu halten, denn während des ganzen Verhörs mußte ich stehen, die Arme auf dem Rücken verschränkt. Geführt wurde das Verhör von dem Zivilisten, den ich bereits kannte und den ein kleines Schild auf dem Schreibtisch als Major Johnson auswies. Die Schwarzuniformierten, die mich herbeigeschafft hatten, waren nur wachsame Zuschauer.

Major Johnson eröffnete das Verhör mit den üblichen Fragen zur Person.

»Name?«

»Mark Brandis.«

»Beruf?«

»Testpilot der VEGA.«

»In welchem Rang?«

»Ich bin Pilot, Major, und alle Piloten führen den Rang eines Captains.«

»Hatten Sie früher nicht einmal einen höheren Rang inne?«

»Ja.«

»Welchen?«

»Den des Commodore.«

»Warum sind Sie das heute nicht mehr?«

»Ich wurde degradiert.«

»Weshalb?«

»Vergehen gegen eine Dienstanweisung.«

»Mit anderen Worten: Sie sind auf VEGA schlecht zu sprechen?«

»Das war ich, aber das ist vorbei.«

»Aber Sie begrüßen doch die Tatsache, daß mit der Machtübernahme durch den General auch VEGA eine neue Ordnung bekommt?«

Das war eine verfängliche Frage, und ich zögerte, sie zu beantworten, dabei war es mir gleichzeitig klar, daß ich früher oder später doch eine Meinung äußern mußte. Ich versuchte, ins Unverbindliche auszuweichen.

»Wenn es dem Wohl von VEGA dient, begrüße ich das sicherlich.«

Major Johnson ließ mir diese Antwort nicht durchgehen. Er erkannte ihren schwachen Punkt und stieß sofort zu.

»Zweifeln Sie daran?«

»Ich habe noch nicht Gelegenheit gehabt, mir ein Bild zu machen.«

Das entsprach nicht der Wahrheit, denn das Bild des neuen Systems zeichnete sich hier auf der Insel Asinara bereits klar genug ab.

»Es ist Ihnen sicherlich klar«, sagte Major Johnson«, daß Ihre Weiterbeschäftigung bei VEGA von Ihrer zukünftigen politischen Haltung abhängen wird, Captain Brandis.«

Ich neigte ein wenig den Kopf. Daran, daß es sich so verhalten würde, bestand für mich nicht der leiseste Zweifel.

»Ja«, sagte ich.

»Die Zeiten, in denen man abseits stehen konnte, sind vorüber«, sagte Major Johnson. »Heute heißt es: Wer nicht für uns ist, ist gegen uns.«

»Auch darüber«, antwortete ich, »bin ich mir im klaren, Major.«

»Nun«, sagte Major Johnson und gönnte mir ein Lächeln, »dann ziehen Sie doch einmal in Betracht, daß es in unserer Macht liegt, Ihnen Ihren alten Rang zurückzugeben. Natürlich nicht so ohne weiteres. Sie müßten uns schon zuvor von Ihrer Zuverlässigkeit überzeugen. So hätte ich jetzt gern Antwort auf die Frage: Welche Aufgabe verfolgten Sie mit diesem Testflug?«

Ich spürte, daß das Verhör endlich zur Sache zu kommen begann, und mehr denn je schnürte mir die Angst die Kehle zu. Ich wünschte, ich könnte in Ohnmacht fallen, um mir das zu ersparen, was mir jetzt unweigerlich bevorstand.

»Welche Aufgabe?« wiederholte ich. »Nun, Major, ich begreife Ihre Frage nicht ganz. Jeder Testflug hat nur eine Aufgabe: die praktische Überprüfung theoretisch ermittelter Werte.« Commander Harris' Worte fielen mir ein, und ich fügte hinzu: »Alles Wesentliche über diesen Testflug entnehmen Sie am besten dem Bordbuch.«

Was weiter mit mir geschah, habe ich nie recht ergründen können. Ich erinnere mich nur, daß Major Johnson den Schwarzuniformierten einen Wink gab und daß diese plötzlich auf mich zukamen und irgendwelche Instrumente in den Händen hatten – dann fiel ich plötzlich hinein in einen roten Abgrund aus Feuer und Schmerz, schrie, ohne daß ich meine Stimme hörte, und rang nach Luft, weil ich zu ersticken drohte.

Dann lehnte ich an der Wand, und die beiden Schwarzuniformierten hielten mich fest, und wie aus weiter Ferne drang Major Johnsons Stimme zu mir vor:

»Sie haben Glück, Brandis. Die VEGA-Zentrale wird die Untersuchung selbst in die Hand nehmen. Das gibt Ihnen etwas Bedenkzeit. Aber merken Sie sich: Das nächste Verhör wird von Fachleuten geführt, die auf dem Gebiet der Raumfahrt mindestens ebenso versiert sind wie Sie. Da werden Sie Farbe bekennen müssen.« Er drehte sich von mir fort. »Abführen!«

Ich versuchte zu gehen, aber meine Beine wollten mich nicht mehr tragen. Der Schmerz, der noch immer in mir wühlte, hatte alle Kraft aus mir gesogen. Die Schwarzuniformierten faßten mich unter und führten und schleiften mich zurück in die Zelle.

Ibaka nahm, als man mich anschleppte, die Gelegenheit wahr, um zu fragen:

»Wie nennt man euren netten Verein eigentlich, Kamerad?«

»Warum?« fragte einer meiner Bewacher mißtrauisch.

»Nur der Ordnung halber«, sagte Ibaka, »um es gelegentlich einmal für einen Nachruf zu verwerten.«

Die Schwarzuniformierten stießen mich über die Schwelle, und als ich an ihnen vorüberwankte, rammte einer von ihnen mir das Knie in den Rücken.

»Dritte Abteilung«, sagte er dabei.

Was ich in diesem und dem folgenden Kapitel berichte, habe ich nicht selbst erlebt, sondern erst im Verlauf der Zeit nach und nach von den Beteiligten erfahren. Ich füge es in meinen Bericht ein, weil ich der Ansicht bin, daß es ihn vervollständigt.

Ruth O'Hara sah vor dem Haus die Laser–Batterien vorfahren, gefolgt von den Lastwagen der III. Abteilung, und sie wußte sofort, was das zu bedeuten hatte.

Seit etwas über vierundzwanzig Stunden war die III. Abteilung, General Smith' Prätorianergarde, Herr über Metropolis, bereits jetzt vom Volksmund in Anspielung auf das Flammen–Symbol auf den Helmen mit der Bezeichnung *die Brandstifter* belegt. Ruth hatte auch schon die Erfahrung gemacht, daß es innerhalb dieser III. Abteilung noch eine Sonderkategorie von Brandstiftern gab, die als solche nicht zu erkennen waren: Männer und Frauen in Zivil, das politische Gehirn dieser Formation, die – auf keinerlei Verfassung vereidigt – dem General ganz allein unterstellt waren. Präsident Bellinis Rücktritt war zu spät erfolgt, um Smith' Siegeszug noch unterbrechen zu können. Der greise Hirschmann hatte nur noch die Wahl gehabt, die Hauptstadt zu verteidigen und dabei zerstören zu lassen, oder aber sie kampflos zu übergeben. Er hatte sich für das Übergeben entschieden – vielleicht im Vertrauen auf die Botschaft, die ihm der General übermittelt hatte:

»Europa, Amerika und Afrika haben sich vorbehaltlos meiner ruhmreichen Bewegung angeschlossen. Metropolis steht auf verlorenem Posten. Im Falle, daß Widerstand geleistet wird, werde ich nicht zögern, diesen mit allen mir verfügbaren Mitteln zu brechen. Im anderen Fall, dem der kampflosen Übergabe, gebe ich den Einwohnern mein Wort, daß ihr Leben in *Ruhe* und

Ordnung weitergehen wird, ganz gleich, welcher politischen Partei sie bisher angehört und welches Amt sie auch bekleidet haben mögen.«

Sicherlich war es weniger das Vertrauen in diese Versprechungen, was Samuel Hirschmann bewogen hatte, Metropolis zu übergeben, als vielmehr die Erkenntnis, daß die Drohung den weitaus bedeutsameren Teil der Botschaft darstellte.

Hirschmanns zweite Präsidentschaft hatte nicht einmal einen halben Tag gewährt. Unmittelbar nachdem er die zur Kapitulation erforderlichen Weisungen erteilt hatte, wobei er gleichzeitig sein Amt zur Verfügung stellte, mit dem sich ohnehin keine Macht und Regierungsgewalt mehr verbanden, war er nach Hause zurückgekehrt.

Für etwa vierundzwanzig Stunden sah es so aus, als sollte der General wenigstens dem großen alten Mann gegenüber sein Wort halten. Gleichzeitig hatte die erbarmungslose Menschenjagd aber bereits begonnen. Die Brandstifter verfügten über sorgfältig zusammengestellte Listen, nach denen sie vorgingen.

Eine ihrer ersten Handlungen war gewesen, überall auf den Straßen und Plätzen der Stadt Fernsehaugen zu montieren, die jede Bewegung wahrnahmen und damit jede Zusammenrottung unmöglich machten.

Fahrbare Abhorchgeräte patrouillierten lautlos in allen Stadtvierteln, richteten ihre Antennen mal hierhin, mal dorthin und kontrollierten die Gespräche in den Häusern. Wo immer ein mißliebiges Wort gegen den General fiel, erschienen im Handumdrehen die Schwarzuniformierten.

Vierundzwanzig Stunden hatten genügt, um aus Metropolis, dieser lebensfrohen Stadt mit ihren fünfzig Millionen Einwohnern, ein großes Gefängnis zu machen. Offenbar war es das, was der General unter den Begriffen Ruhe und Ordnung verstanden sehen wollte: die totale Unterwerfung unter seinen Willen.

Als die Brandstifter vor dem Hause des zurückgetretenen Präsidenten vorfuhren, lag Samuel Hirschmann krank im Bett. Der Arzt, von Ruth O'Hara gerufen, hatte gerade seine Untersuchung beendet und seine Diagnose gestellt.

»Eine Herzattacke – kein Wunder übrigens. Der Präsident wird's überleben, aber jede weitere Aufregung muß unbedingt von ihm ferngehalten werden. Nur dann kann eine neue Transplantation erfolgreich sein.«

»Und wie«, hatte Ruth gefragt, »soll ich das tun – ihm die Aufregungen ersparen, Doktor?« Der Arzt hatte darauf keine Antwort gewußt, sondern nur leicht mit den Schultern gezuckt und geseufzt, während er eine Spritze aufzog.

Einmal hatte Ruth versucht, mit ihm ein Gespräch zu beginnen, doch er hatte nur ausweichend geantwortet, und Ruth hatte erkennen müssen, daß auch er bereits unter dem Gesetz der Angst lebte.

Als sie sich vom Fenster abwandte, sah sie, daß der Präsident die Augen geöffnet hatte und sie unter seinen buschigen eisgrauen Brauen hervor nachdenklich anblickte. Er mußte in ihrem Gesicht gelesen haben, denn er fragte: »Sie kommen, nicht wahr?«

Ruth nickte. Sprechen konnte sie nicht.

»Nun«, sagte der Präsident, »ich habe nie erwartet, daß Smith sein Wort halten würde. Mich wundert's nur, daß er sich so viel Zeit gelassen hat, um es zu brechen. Sollte es sein, daß er vergeßlich zu werden beginnt?«

Der Präsident konnte nicht ahnen, daß der General zu diesem Zeitpunkt die drei Kontinente längst noch nicht so fest in der Hand hatte, wie es seine Proklamation hatte glauben machen. Mit seiner III. Abteilung beherrschte er zwar einschließlich Metropolis alle wichtigen Städte der EAAU, doch auf dem Lande gab es noch immer starke Gegenströmungen, und auch in der Armee gab es noch geheime Nester des Widerstandes. Smith hatte zwar die Macht errungen, nun jedoch mußte es sich zeigen, ob er auch in der Lage war, sie zu behalten, zumal seine überrumpelten Gegner sich neu zu formieren begannen. Vor dem Hintergrund dieser Entwicklung hatte er angeordnet, Samuel Hirschmann zu verhaften.

Der Arzt sagte mit einer Anwandlung von hippokratischer Verantwortlichkeit:

»Sie werden es nicht wagen, den Präsidenten in diesem Zustand aus dem Bett zu holen! Das lasse ich nicht zu.«

Der Präsident bewegte ein wenig den Kopf.

»O doch, Doktor, sie werden es wagen. So gut kenne ich sie bereits. Warum sollte ausgerechnet ich von ihnen mehr Rücksicht erwarten dürfen als andere?« Er richtete sich auf. »Helfen Sie mir beim Anziehen, Doktor! Ich will nicht unbedingt im Nachthemd vor sie hintreten. Ruth, gehen Sie so lange hinaus.«

»Sie sollen ruhig liegen und sich nicht aufregen, Sir«, sagte sie.

Hirschmann lächelte.

»Nett, wie Sie das sagen, Ruth – aber mit dem ruhigen Liegen ist es vorbei. Nur eins kann ich Ihnen versprechen: Ich rege mich nicht auf.«

Ruth tauschte mit dem Arzt einen raschen Blick, und der Arzt nickte.

»Ich glaube, der Präsident hat recht. Ich werde ihm beim Anziehen helfen.«

»Und Sie, Ruth«, sagte der Präsident, »sind derweilen so lieb und machen den Herren die Tür auf, bevor sie sie demolieren.«

Aber um die Tür zu öffnen, war es bereits zu spät, denn die Brandstifter hatten sich schon eigenmächtig Einlaß verschafft. Ein Mann im grauen Anzug führte die Schwarzuniformierten an.

Ruth O'Hara trat ihm in den Weg.

»Ich glaube«, sagte sie kühl, »Sie haben sich in der Haustür geirrt.«

Der Graue schob sie achtlos beiseite, und ein Schwarzuniformierter fing sie auf und hielt sie fest. Sie stieß mit den Füßen nach ihm, und daraufhin drehte er ihr den Arm auf den Rücken. Sie schrie auf, und er lachte.

Der Graue betrat das Schlafzimmer des Präsidenten, gerade als dieser sich von seinem Arzt in die Jacke helfen ließ. Samuel Hirschmann zog die Jacke zurecht und richtete den Blick auf den ungebetenen Besucher.

»Sie sehen«, sagte er, »ich habe Sie bereits erwartet. Ein Generalswort war lediglich früher mal etwas wert.«

»Der General«, erwiderte der Mann im grauen Anzug steif, »ersucht den Präsidenten um seinen Besuch. Ich habe die Ehre, Sie zu ihm zu begleiten.«

Der Präsident lächelte matt.

»Ehre«, sagte er, »dürfte in diesem Zusammenhang kaum ein Begriff sein, auf den ich mich mit Ihnen einigen könnte. Aber ich will mich nicht mit Ihnen streiten: die gemeinsame Basis fehlt. Und darum wollen wir ohne Umschweife zur Sache kommen. Ich nehme doch an, davon, daß ich von diesem Besuch nach Hause zurückkehren werde, hat der General nichts gesagt.«

Der Graue schwieg.

Hirschmann seufzte, neigte leicht den Kopf und ging zur Tür.

Der Arzt sagte: »Der Präsident ist ein schwerkranker Mann, wenn ich mir diesen Hinweis gestatten darf. Er braucht unbedingt Ruhe und ärztliche Betreuung.«

»Ich werde es ausrichten«, sagte der Graue. »Im übrigen verfügen wir über die besten Ärzte im Lande. Sie können ganz beruhigt sein. Dem Präsidenten wird es an nichts fehlen.«

Der Präsident war im Salon stehengeblieben.

»Die Dame«, sagte er, »ist meine Sekretärin. Lassen Sie sie los, oder ich mache freiwillig keinen Schritt mehr!«

Der Mann im grauen Anzug nickte dem Schwarzuniformierten ungeduldig zu.

»Sie haben gehört! Lassen Sie sie los!«

Der Präsident trat an Ruth heran und nahm ihre rechte Hand schützend in die seinen.

»Verlieren Sie jetzt nur nicht die Nerven!« sagte er. »Und machen Sie sich keine Sorgen um mich. Ich gehöre zu den wenigen glücklichen Menschen, die nichts mehr zu verlieren haben. Das macht mich unbesiegbar.«

Dann verließ er das Haus, gefolgt vom Mann im grauen Anzug und den Schwarzuniformierten. Ruth eilte hinter ihnen her. Sie konnte gerade noch sehen, wie der Präsident in einen der Wagen stieg. Der Wagen wendete auf der Stelle und schwebte davon. Die Lastwagen und die Laser–Batterien fuhren hinterher.

»Nun«, sagte dicht neben ihr die Stimme des Arztes, »es ist wohl besser, wenn auch ich jetzt gehe.«

Die Augen des Arztes blickten verlegen – vielleicht, weil er sich schämte, sie in dieser Stunde allein zu lassen. Er hatte den Brandstiftern gegenüber mehr Mut gezeigt, als angebracht gewesen war, und damit war sein Vorrat an Heldentum aufgezehrt. Er fürchtete, die Schwarzuniformierten würden zurückkehren, und dann wäre allein schon seine Anwesenheit in diesem Haus ein belastendes Zeichen. Fast zwanzig Jahre lang war er Samuel Hirschmanns Hausarzt gewesen, doch nun, da aus dem verehrungswürdigen Präsidenten ein Staatsfeind geworden war, mußte man sich als kluger Mensch von ihm lossagen. Ruth hatte ihn bereits verstanden, und fast tat er ihr leid: in seiner Angst, die er nicht verbergen konnte, und in seiner Scham über sich selbst.

»Leben Sie wohl, Doktor«, sagte sie, »und viel Glück!«

»Und Sie?« fragte der Arzt. »Wollen Sie etwa hierbleiben?«

»Noch eine Weile«, sagte Ruth. »Ich werde noch einige Manuskripte ordnen, bevor ich gehe.«

»Nun«, meinte der Arzt, »dann werden auch Sie viel Glück brauchen. Ich wünsche es Ihnen jedenfalls.« Er ging hinaus. »Ich hoffe nur, Sie wissen, was Sie tun.«

Ruth schloß hinter ihm die Tür, und auf einmal war es mit ihrer Fassung vorbei. Ihre Schultern begannen zu zucken, und sie schlug die Hände vor das Gesicht.

Draußen ertönte Musik – fröhliche Märsche aus einer Vielzahl eilends montierter Lautsprecher, und der Wind, der vom Meer her wehte, trug die rhythmische Musik durch die ganze Stadt. Niemand sollte mehr unglücklich sein. Auch das versprach das Programm der Reinigenden Flamme.

Kapitel 09

Samuel Hirschmann hatte erwartet, daß der General – wie auf den überlebensgroßen Plakaten, die überall in Metropolis prangten – Uniform trüge, aber der General trug statt dessen einen legeren dunkelblauen Anzug und gab sich auch sonst betont zivil.

Als der letzte legale Präsident der EAAU in das Amtszimmer geführt wurde, das vierundzwanzig Stunden zuvor noch das seine gewesen war, stand der General auf, kam hinter dem Schreibtisch hervor, scheuchte mit einem Heben der Augenbrauen Hirschmanns Begleiter zur Tür hinaus und streckte ihm mit einem Lächeln die Hand entgegen.

»Es ist mir eine große und unvergeßliche Ehre, Sie bei mir empfangen zu dürfen, Präsident. Wenn einer ermißt, wie tief unser Land in Ihrer Schuld steht, dann ich.«

Der Präsident übersah die ihm dargebotene Hand und erwiderte kühl:

»Wollen wir nicht lieber gleich zur Sache kommen, General?«

General Smith verlor keinen Augenblick seine Fassung und seinen Charme. Geistesgegenwärtig deutete er die Bewegung seiner Hand um in eine einladende Geste.

»Nehmen Sie Platz, Präsident. Darf ich Ihnen vielleicht eine kleine Stärkung anbieten: Kaffee oder Tee?«

Hirschmann sagte sich, daß es nur von Vorteil sein könnte, den General erst einmal reden zu lassen, und darum nahm er die Einladung an. Er setzte sich in den ihm angebotenen Sessel und nickte.

»Tee, wenn ich bitten darf.«

Der General kehrte zum Schreibtisch zurück, drückte auf eine Taste und gab die Bestellung auf. Anschließend setzte er sich Hirschmann gegenüber – so nah, daß ihre Knie einander fast berührten. Er war ein Mann in den Vierzigern: mit einem jünger wirkenden, sonnengebräunten Gesicht, das seine graublauen Augen nur um so heller und leuchtender erscheinen ließ.

»Höchste Zeit«, sagte er, »daß wir einmal zu einem Plauderstündchen zusammentreffen. Ich wette, Sie haben eine völlig irrige Vorstellung von mir.« Unter dem Schreibtisch hervor kam ein brauner Collie und schmiegte sich schwanzwedelnd an den General. Dieser tätschelte ihm liebkosend die Flanke. »Sehen Sie – der hier kennt mich, wie ich wirklich bin.«

»Hunde«, erwiderte der Präsident unumwunden, »werden ja in der Regel auch nicht verhaftet.«

Das Gesicht des Generals drückte Bestürzung aus.

»Oh, empfinden Sie meine Einladung etwa als Verhaftung, Präsident? Aber nicht doch! Wenn meine Männer sich Unkorrektheiten zuschulden kommen ließen, was ich nicht hoffe, sagen Sie es mir nur! Ich werde dafür sorgen, daß sie zur Rechenschaft gezogen werden.«

Jedem anderen an Hirschmanns Stelle wäre es schwergefallen, sich vom gewinnenden Wesen des Generals nicht überzeugen zu lassen. Hirschmann freilich war ein alter, weiser und erfahrener Mann, der so leicht nicht mehr hinters Licht zu führen war. Und da er wußte, was er von diesem Anerbieten des Generals zu halten hatte, wiegte er nur langsam den Kopf mit den weißen, buschigen Haaren.

»Ich beklage mich ja nicht, General.«

»Mir fällt ein Stein vom Herzen, Präsident. Mir Ihr Wohlwollen verscherzt zu haben, wäre mir unerträglich gewesen. Ich habe wirklich nur Ihr Bestes gewollt, denn in gewisser Weise bin ich ja jetzt für Ihre Sicherheit verantwortlich. Darum war es mir lieb, Sie in guter Obhut zu mir geleiten zu lassen.«

Die Tür ging auf, und eine schwarzuniformierte junge Frau rollte den Teewagen herein. Als sie einschenken wollte, winkte der General ab.

»Ich mache das schon!«

Die junge Frau nahm Haltung an und verließ den Raum. Der General schenkte den Tee ein.

»Zucker und Sahne nach Belieben«, sagte er. »Bedienen Sie sich, Präsident.«

»Danke«, sagte Hirschmann. »Ich trinke den Tee noch immer schwarz und bitter.«

Der heiße Tee tat ihm gut. Körperlich fühlte er sich noch immer schwach und elend, und der Herzschmerz war wieder stärker geworden, doch geistig war er jetzt wieder, so spürte er mit grimmiger Genugtuung, jedem Gefecht gewachsen, und das würde sicherlich nicht lange auf sich warten lassen.

Der General setzte die Tasse ab.

»Wissen Sie überhaupt«, sagte er, »wie ich Sie um die Liebe und die Achtung beneide, die Ihnen die Menschen entgegenbringen? Für einen Mann der Politik ist so etwas ein unschätzbares Kapital. Ich wollte, ich könnte etwas davon auch auf meine bescheidene Person übertragen.« Der Präsident blieb stumm.

»Warum«, fuhr der General fort, »wollen Sie sich eigentlich so abrupt aus dem öffentlichen Leben zurückziehen? Sie werden noch immer benötigt, heute vielleicht mehr denn je.«

Hirschmann runzelte die Stirn. »So?«

»Wir alle brauchen Ihren Rat und Ihre Hilfe.« Der General beugte sich vor. »Ich mache niemals leere Komplimente. Ihre größte politische Tat liegt noch unvollbracht vor Ihnen.« Der General machte eine Pause. »Die Augen der Welt sind auf Sie gerichtet – und jeder fragt sich: Was sagt der große alte Mann in Metropolis zu der neuen Ära im Zeichen der Reinigenden Flamme?«

Der General hatte seine Karten auf den Tisch gelegt – vielleicht noch nicht alle, doch bereits genug, um erkennen zu lassen, welches Spiel von ihm gespielt wurde. Der Präsident lächelte in sich hinein. Auch er hatte seine Erfahrungen im politischen Spiel.

»Auf das, was ich sage oder nicht, kommt es nicht an, General. Meine Zeit ist abgelaufen, Sie sind jetzt der Mann, auf den alle Augen gerichtet sind.«

Der General stand plötzlich auf und ging ein paarmal im Zimmer auf und ab. Der Hund folgte ihm.

»Ich will ehrlich zu Ihnen sein, Präsident. Noch immer gibt es im Land genug Zweifler und Unüberzeugte, die abseits stehen – ja, die mir in gewisser Weise sogar Schwierigkeiten bereiten könnten. Es sind durchweg Männer und Frauen, die Ihnen, Präsident, bedingungslos vertrauen.« Der General blieb stehen und blickte Hirschmann mit gewinnendem Lächeln an. »Und darum möchte ich, daß Sie mit mir einen Pakt schließen, einen Pakt der gegenseitigen Zusammenarbeit.«

Hirschmanns alterstrübe Augen unter dem schattigen Balkon der Brauen ließen nicht erkennen, was er dachte. Weder Interesse noch Ablehnung lagen in seiner Stimme, als er fragte:

»Und wie, General, stellen Sie sich das vor?«

»Nun« – der General nahm seine Wanderung wieder auf – »ich dachte mir, daß Sie mir sozusagen moralische Unterstützung geben. Eine Ansprache von Ihnen an die Völker der EAAU, mit der Sie sich vorbehaltlos zu meinem Programm bekennen, würde die Stimmen der Zweifler zum Verstummen bringen.« Hirschmann wartete schweigend ab.

Der General bückte sich, tätschelte seinen Hund und sagte: »Selbstverständlich werde ich mich erkenntlich zeigen, Präsident. Sie erhalten die Ihnen zustehende Pension, einen angemessenen Wohnsitz und eine Ehrengarde. Ehre, wem Ehre gebührt.«

Nun stand auch Hirschmann auf – wie um das, was er zu sagen hatte, förmlicher klingen zu lassen.

»Ich bedaure«, antwortete er. »Wenn Sie bei mir Unterstützung suchen, vergeuden Sie nur Ihre Zeit, General.« Im Gesicht des Generals erlosch das Lächeln.

»Ich brauche diese Ansprache, Hirschmann«, sagte er, »und Sie werden sie halten. Morgen um diese Zeit.

Ihre Weigerung kann ich leider nicht akzeptieren, dazu steht für mich zu viel auf dem Spiel.« Er ging zum Schreibtisch und kehrte mit ein paar bedruckten Seiten zurück. »Zu Ihrer Entlastung haben wir die Rede bereits entworfen. Sie brauchen sie nur noch abzulesen.«

Hirschmann rührte sich nicht. Er spürte, wie die Angst vor dem, was ihn erwartete, ihn zu würgen und zu lähmen begann, und er beeilte sich, sich selbst zu sagen, daß er nur ein alter Mann war, der ohnehin bald von der Bühne des Geschehens abtreten würde und daß es schließlich auf ein paar Monate oder Jahre mehr oder weniger nicht ankam, wenn es einem Mann nur vergönnt war zu sterben, ohne sich selbst untreu zu werden. Sorgfältig formulierte er seine Antwort, bereit, die Konsequenzen seiner Weigerung auf sich zu nehmen.

»Und wenn Sie mir die sofortige Hinrichtung androhen, General, ich werde diese Rede nicht halten.«

Der General machte eine verächtliche Handbewegung. »Habe ich Sie bisher auch nur mit einem einzigen Wort bedroht, Präsident? Nein, seien Sie unbesorgt: Ich lasse Sie nicht hinrichten, denn ich brauche Sie. Aber Sie werden mir unter diesen Umständen, die ich nicht zu verantworten habe, nicht verübeln, wenn ich jetzt gewisse Vorsorge treffe – damit morgen, wenn Sie vor die Weltöffentlichkeit hintreten, um sich mit der Autorität Ihrer Person hinter mein Programm zu stellen, nichts schief geht. Eine Entgleisung wäre schließlich für beide Seiten peinlich.«

Der General drückte auf einen Knopf, und der Mann im grauen Anzug trat ein, gefolgt von zwei Schwarzuniformierten.

»Der Präsident«, sagte der General, »steht zu Ihrer Verfügung.«

Der Graue legte dem Präsidenten die Hand auf die Schulter.

»Kommen Sie!« sagte er.

Vor dem Fahrstuhl zögerte der Präsident fast unmerklich. Mehr denn je spürte er, wie zerbrechlich menschlicher Wille und Mut waren, wenn ein Keller mit Folter und Schmerz auf sie warteten. Sekundenlang schloß er die Augen und tat, was er seit langem nicht mehr getan hatte: er betete. Als sich der Fahrstuhl jedoch, nachdem er ihn mit seinen Begleitern bestiegen hatte, in Bewegung setzte, ging es wider sein Erwarten aufwärts.

Im 180. Stockwerk mußte er aussteigen, der Mann im grauen Anzug faßte ihn beim Arm und führte ihn einen langen Gang entlang. Große Milchglastüren schwangen automatisch auf, und ein Arzt im Operationskittel, das Gesicht von einem vorgebundenen Atemschutz verhüllt, mit Gummihandschuhen an den Händen, fragte:

»Ist das der Patient?«

»Das ist er«, sagte der Graue. »Der General wünscht, daß sie keine Zeit verlieren. Er wird morgen bereits benötigt.«

Samuel Hirschmann sah sich um. Zum letzten Mal hatte er diese Regierungsklinik vor fünfzehn Jahren betreten, damals, als man ihm das neue Herz eingesetzt hatte, dieses Herz, das bereits wieder so weit verbraucht war, daß es schmerzte.

Zwei baumlange Pfleger kamen auf den Präsidenten zu und begannen ihn wortlos zu entkleiden.

Kapitel 10

Commander Harris war vor längerer Zeit schon zum zweitenmal geholt worden, und als nun von außen der Schlüssel klirrend ins Schloß fuhr, nahmen wir an, daß die Schwarzuniformierten den Commander zu uns zurückbrächten. Aber wir hatten uns getäuscht. Wir wurden aufgefordert mitzukommen. Unter Bewachung wurden wir hinaus auf den Hof geführt, wo ein Transporter bereitstand, in den wir einsteigen mußten. Ich zögerte. »Wohin bringen Sie uns?« fragte ich. »Und warum ist der Commander nicht bei uns?«

Die Bewacher gaben keine Antwort, und es blieb uns nichts anderes übrig, als uns zu fügen.

Der Wagen passierte das Tor, vor dem noch immer der Doppelposten stand, und jagte in rascher Fahrt hinaus zum Startplatz.

Es war ein heißer, sonniger Tag. Die Flagge mit dem Flammen–Symbol hing schlaff und unbeweglich am Mast. In den Büschen lärmten ein paar verspätete Zikaden.

Delta VII stand unverändert am alten Ort. Die Cockpitscheiben glänzten in der Sonne. Soldaten hatten einen Kreis um das Schiff gezogen, und in diesem Kreis erwarteten uns Major Johnson und der Commander.

»Sagen Sie es Ihrer Crew!« befahl Major Johnson, als wir ausgestiegen und herangekommen waren.

Commander Harris' Gesicht war eine steinerne Maske. »Meine Herren, unser Auftrag lautet: Überführung von Delta VII auf das VEGA–Gelände in Metropolis. Dort werden sich Experten mit der Auswertung der Testergebnisse befassen. Wir starten, sobald wir an Bord gegangen sind, und fügen uns in die Eskorte ein, die bereits über dem Platz kreist. Irgendwelche Fragen?«

Des Commanders wasserblaue Augen waren auf mich gerichtet. »Nein, Sir«, sagte ich. Und »nein, Sir« sagten auch Stroganow und Ibaka.

Die Gewißheit, wieder an Bord gehen und diesen unerfreulichen Ort zurücklassen zu können, war berauschend. Metropolis, VEGA, die Experten – alles das lag noch in weiter Ferne, war ein Problem, mit dem man sich später beschäftigen konnte, irgendwann, wenn es unumgänglich wurde. Bereits die Luft über dem Platz schmeckte nach Freiheit. Ich atmete sie tief in mich hinein, aber so ganz gelang es mir nicht, den modrigen Geschmack der düsteren Gewölbe von meinen Lippen zu tilgen.

Commander Harris wandte sich an Major Johnson. »Haben Sie sonst noch Anweisungen, Major?«

Major Johnson warf einen Blick in die ruhige Bläue des Himmels. Nur ein geschultes Auge konnte sie erkennen: die neun flimmernden Punkte hoch über der Atmosphäre. Die Eskorte befand sich auf Warteposition.

»Nur noch einen Hinweis, Commander«, sagte Major Johnson. »Die Eskorte hat Befehl, beim geringsten Anzeichen eines Fluchtversuches das Feuer zu eröffnen.« Der Commander bekam dünne Lippen.

»Ich darf mich wohl abmelden, Major«, sagte er.

Wir gingen an Bord und nahmen unsere Plätze ein, und die Schleuse fuhr zu. Eine Viertelstunde später hatten wir alles durchgecheckt, das Triebwerk sprang an, und Delta VII hob ab. Knapp nach dem Durchstoßen der Atmosphäre wurden wir von der Eskorte in Empfang genommen, und die Lautsprecherstimme wies uns an, noch eine Weile weiterzusteigen. Die Taurus–Zerstörer hielten sich die ganze Zeit über in unserer Nähe, man konnte sie mit bloßem Auge sehen.

Noch lasteten die letzten Stunden auf uns und machten uns schweigsam. Später habe ich mich oft gefragt, warum wir nicht bereits diese Gelegenheit zur Flucht wahrnahmen, die weder günstiger noch ungünstiger war als jene andere, über die es zwischen Commander

Harris und mir zur Auseinandersetzung gekommen war. Die Kraft unseres Triebwerkes machte uns, was die Geschwindigkeit anging, unseren Bewachern überlegen. Aber eines war anders geworden, und das muß wohl, so denke ich heute, den Ausschlag gegeben haben: Wir hatten die Konsequenz einer solchen Flucht begriffen. Ich wußte, daß Stroganow und Ibaka sich um ihre Familien sorgten, und mir selbst war im Augenblick das Wichtigste, eine Möglichkeit zu finden, Ruth wiederzusehen. Jeder Ausbruch aus der Formation – so muß wohl auch Commander Harris gespürt haben – würde für lange, unbestimmte Zeit eine unwiderrufliche Entscheidung darstellen.

Erst kurz bevor ich die Landung einleitete, brach Commander Harris das Schweigen. »Ich weiß nicht, was uns in Metropolis erwartet, aber eines dürfte gewiß sein: Wer immer jetzt bei VEGA das Kommando führt, er braucht uns und unsere Erfahrung.«

»Sir«, sagte ich, »Sie wollen doch nicht im Ernst mit diesen Leuten zusammenarbeiten?«

Commander Harris streifte mich mit einem flüchtigen Blick.

»Man kann bekanntlich immer nur einen Schritt nach dem andern tun, Captain. Im Augenblick setzen wir zur Landung in Metropolis an.«

Die Anflugautomatik begann zu summen, und auf dem Richtungsgeber formierte sich der Leitstrahl. Der Kontakt mit der Bodenstation VEGA auf Metropolis war hergestellt. Commander Harris forderte die Landeerlaubnis an und bekam sie.

Metropolis, aus der Höhe gesehen, war immer wieder ein atemberaubender Anblick. Wie eine Fata Morgana wuchs die Stadt aus der Wasserwüste des Atlantiks hervor: im Zentrum des geographischen Dreiecks, das die drei in der EAAU zusammengeschlossenen Kontinente bilden, eine künstliche Insel aus Stahl, Beton, Glas und Kunststoff, dem Ozean abgetrotzt und aufgezwungen. Damals, als diese Stadt in fünfjähriger Arbeit gewachsen war, hatte sie als sichtbares Symbol aller technischen Errungenschaften gegolten – und irgendwie war sie das immer noch, mochten mittlerweile auch die Jahrzehnte ins Land gegangen sein. Vom Standpunkt der technischen Möglichkeiten aus gesehen, war Metropolis längst überaltet – und dennoch konnte man sich an ihrem Anblick immer wieder berauschen.

Selbst aus dieser großen Höhe war der weiße Kranz der Brandung zu erkennen, der die Stadt umschloß: funkelndes Kleinod in einer saphirblauen Einöde, Mittelpunkt eines Reiches, das den halben Erdball umfaßte und einen Himmel voller blühender Planeten, größte und volkreichste Stadt beider Hemisphären.

Hier in Metropolis liefen alle Nervenstränge des Landes zusammen, hier war der Sitz der Regierung und der verschiedenen Ministerien, und seit einiger Zeit war auch VEGA hier angesiedelt. Wohlweislich hatte man, als die Stadt entworfen wurde, die Schwerindustrie aus ihr herausgehalten, so daß ihre architektonische Schönheit durch keinerlei Rauch und Abgase verschleiert wurde.

Das Venedig des 21. Jahrhunderts hatte man Metropolis genannt – und in der Tat, nur mit der versunkenen Perle der Adria ließ sich die Hauptstadt der EAAU vergleichen. Gleich jener vielbesungenen Königin der Meere war sie ein Treffpunkt der Künstler und Dichter geworden, und die kulturellen und geistigen Impulse, die von ihr ausstrahlten, beeinflußten das Leben der Menschen in drei verschiedenen Erdteilen. Metropolis verfügte über sechzig Theater und Opernhäuser, über vierunddreißig Konzerthallen, über mehr als hundert Museen und – was vielleicht das Wichtigste war – über fünfundzwanzig Universitäten, die zugleich Forschungsstätten waren. In dieser Stadt, die nie zu schlafen schien, erschienen achtundvierzig verschiedene Zeitungen, wetteiferten zwölf Fernsehanstalten miteinander.

Was war – so fragte ich mich immer wieder – das Geheimnis dieser unvergleichlichen Stadt? War es der

Umstand, daß in ihr so viele Kulturen zusammengeflossen waren, um ihr jenen gewissen Flair zu geben, der sie von allen anderen Städten der Erde unterschied?

Ein Dichter hatte einmal in bezug auf Metropolis gesagt: *Europa hat die Geschichte geliefert, Amerika Wagemut und Kühnheit – und Afrika den hämmernden Rhythmus des Lebens.*

In der Stadt selbst vergaß man nur allzu rasch, daß sie ein sorgfältig geplantes, am Reißbrett konzipiertes, künstliches Gebilde war. Millionen Kubikmeter Erde bedeckten den Untergrund aus Beton; Gärten, Parkanlagen und schattige Alleen waren entstanden: Technik und Natur waren eins geworden. Die Temperatur in den geheizten Straßen war die eines ewigen Frühlings: ein subtropisches Paradies mitten im stürmischen Atlantik.

Nach Metropolis heimzukehren, war für mich stets etwas Erregendes. Die Einsamkeit des Alls war eine Sache für sich: Beruf, lockende Herausforderung, Bestätigung meiner selbst; doch leben konnte ich nur in Metropolis, in dieser prickelnden, unermüdlichen Stadt mit ihrer unerklärlichen Romantik.

Diesmal jedoch waren meine Gefühle gemischt, denn das Metropolis, in das heimzukehren ich im Begriff war, war nicht mehr jenes, das ich vor zwei Monaten verlassen hatte. Noch fiel es mir schwer, mir das Ausmaß an Veränderungen vorzustellen, das die letzten Tage mit sich gebracht hatten, aber daß es Veränderungen gab – und keine zum Guten –, daran bestand für mich kein Zweifel.

Der Aufenthalt auf Asinara hatte mir bereits einen Vorgeschmack vermittelt.

Alles das schoß mir in Sekundenschnelle durch den Sinn, mehr als eine Folge von Gefühlen denn in Form von Gedanken, doch gleich darauf war ich eins mit der Maschine, die ich lenkte, und meine ganze Aufmerksamkeit galt den Armaturen und Instrumenten. Ich traute ihnen nie bis zur Selbstaufgabe.

Vertrauensseligkeit konnte tödlich sein. Zu viele Piloten übersahen, daß die Technik immer nur ein Hilfsmittel war, ein oftmals trügerisches Hilfsmittel, dem man sich niemals mit Haut und Haaren ausliefern sollte. Weil ich das nie vergaß, war ich – von meinen anderen Unzulänglichkeiten abgesehen – ein guter Pilot und immer noch, trotz Tausenden von Flugstunden, am Leben. Mein einziger Unfall – jener, der mich meinen Rang gekostet hatte – war mein bester Lehrmeister gewesen.

Die meisten Unfälle ereigneten sich beim automatischen Landeverfahren – weniger, weil hierbei ein technisches Versagen direkt und unmittelbar die Katastrophe herbeiführte, sondern weil, wenn die Technik versagte, der Pilot oftmals nicht fähig war, mit seiner Intelligenz und seiner Erfahrung die Herrschaft über die Maschine wieder an sich zu reißen.

Erst als ich nach der Landung die letzten Handgriffe tat, mit denen ich die Verbindung zwischen mir und der Maschine unterbrach, fielen die besorgten Gedanken wieder über mich herein.

Nach unseren Erfahrungen auf der Asinara hatte ich mich innerlich auf einen harten Empfang vorbereitet – doch nun, als ich mich umsah, konnte ich nur feststellen, daß auf den ersten Blick fast alles beim alten war. Keine Laser–Batterien standen bereit, um uns mit ihren Geschützen zu bedrohen, keine Soldaten waren aufmarschiert, um uns nach dem Aussteigen in Schach zu halten, und der ferngesteuerte Transporter versah wie eh und je seinen Dienst.

Freilich, auch hier wehte über dem Kontrollturm die Flagge mit dem Flammensymbol, und vor den Hallen wimmelte es von Schwarzuniformierten. Doch auch bekannte Gesichter waren zu sehen: Die VEGA–Beamten versahen demnach weiterhin ihren Dienst.

»Ich kann mir nicht recht erklären warum«, sagte Ibaka, als wir aus dem Transporter kletterten, »aber zum erstenmal freut es mich, daß niemand zu meiner Begrüßung erschienen ist.«

Kapitel 11

Professor Bogdan Tarnowski empfing uns in seinem Büro. Er war der stellvertretende Direktor des VEGA–Programms Entwicklung, ein grauhaariger Pionier der Delta–Reihe und ein Professor, wie er im Buch steht: Im Privatleben zerstreut und vergeßlich, auf seinem Fachgebiet jedoch eine Kapazität. So lange ich ihn kannte, war er stellvertretender Direktor gewesen – vielleicht, weil ihm der Ehrgeiz fehlte, den letzten entscheidenden Schritt nach oben zu tun.

Professor Tarnowski war nicht allein: Neben ihm saß ein hagerer Mann mit wachsamen braunen Augen. Als der Professor aufstand, um zuerst dem Commander, danach auch uns anderen die Hand zu drücken, stand auch der Unbekannte auf, und der Professor konnte nicht umhin, ihn mit dem Commander bekanntzumachen.

Er stellte ihn vor als Achmed Bengasi, Captain bei der III. Abteilung, und fügte hinzu, daß Captain Bengasi ihm für eine gewisse Übergangszeit als politischer Berater und Kontaktmann zugeteilt war.

Commander Harris sagte frostig: »Guten Tag.« Die Hand reichte er Captain Bengasi nicht.

Professor Tarnowski beeilte sich, die gespannte Atmosphäre aufzulockern, aber mir schien, als entledigte er sich mit dieser Bemühung nur einer lästigen Pflicht. Zu diesem Zeitpunkt konnte ich noch nicht erfassen, wie stark der psychische Druck war, der auf ihn ausgeübt wurde, und auf welch schmalem Grat er balancierte.

»Wir freuen uns, Sie und Ihre Männer heil und gesund zurückzuhaben, Commander. Ich denke, Sie werden uns eine Menge zu erzählen haben.«

Commander Harris jedoch ließ das Unbehagen, das er hervorgerufen hatte, weiter wachsen – vielleicht, weil er sich noch nicht schlüssig war, wie er diesen Berater und Kontaktmann einzuschätzen hatte. Als er sich im Raum umsah, war das ein äußerst demonstrativer Akt.

»Ich vermisse den Direktor«, sagte er dann.

Es entging mir nicht, daß Captain Bengasi ein wütendes Gesicht machte – aber offenbar war ihm aufgetragen worden, sich zurückzuhalten, denn er überließ es dem Professor zu antworten.

»Oh«, sagte Professor Tarnowski, »ich vergaß, daß Sie ja nicht auf dem laufenden sind, Commander. Der Direktor ist bis auf weiteres beurlaubt. Einstweilen bin ich mit der Leitung der Abteilung beauftragt – allerdings nur bis zum Eintreffen von Professor Segovia.« Mit einer Handbewegung forderte er zum Platznehmen auf. »Ich kann mir denken, daß Sie müde sind und Sehnsucht nach Ihren Familien haben, aber bevor ich Sie in das Privatleben entlasse, müssen noch einige Fragen geklärt werden.« Sein Lächeln bat um Entschuldigung – aber mehr noch war es ein flehentliches Eingeständnis seiner Ohnmacht und Hilflosigkeit. Mit diesem gequälten Lächeln gab er uns zu verstehen, daß er nicht mehr Herr seiner selbst war, aber so recht verstand ich diese Botschaft erst später. »Wie wär‘s mit einer kleinen Erfrischung?«

Commander Harris antwortete in unser aller Namen.

»Ich und meine Männer würden es vorziehen, die Formalitäten hinter uns zu bringen, Sir.« Das, was er hinzufügte, war einzig und allein an die Adresse von Captain Bengasi gerichtet. »Gastfreundschaft ist uns bereits auf Asinara gewährt worden.«

Wieder fiel mir auf, daß Captain Bengasi aus den verschlüsselten Worten des Commanders die Herausforderung heraushörte. Er verriet sich mit einer kleinen Geste: seine rechte Hand ballte sich zur Faust.

Professor Tarnowski jedoch nahm Commander Harris‘ Vorschlag mit merklicher Erleichterung auf.

»Also gut, kommen wir zur Sache.«

Die Formalitäten waren verhältnismäßig rasch erledigt. Der Professor quittierte die Ablieferung des Bordbuches, womit der Testflug von Delta VII ordnungsgemäß abgeschlossen war. Captain Bengasi hatte sich hinter ihn gestellt und überwachte, ohne es im mindesten zu verheimlichen, alles, was geschrieben wurde.

»Mit der Auswertung der Ergebnisse«, sagte Professor Tarnowski, »können wir nicht vor morgen beginnen. Es gibt da noch einige Unklarheiten zu beseitigen, die durch das plötzliche Ausscheiden des Direktors entstanden sind. Unter Umständen werden sogar einige praktische Demonstrationen am Objekt unerläßlich sein. Bis dahin sind Sie beurlaubt.«

Captain Bengasi räusperte sich.

»Richtig«, sagte der Professor, »ich muß Sie darauf aufmerksam machen, daß Sie die Stadt nicht verlassen dürfen. Indem ich mich für Sie verbürgte, hat Captain Bengasi entgegenkommenderweise darauf verzichtet, Sie auf dem VEGA–Gelände zu internieren.«

Commander Harris neigte zustimmend den Kopf.

»Wir hatten ohnehin vor, in Metropolis zu bleiben, Professor.«

Zum erstenmal im Verlauf dieser Unterredung machte Captain Bengasi den Mund auf. Er hatte eine sanfte, fast weibliche Stimme.

»Ich hoffe, es ist Ihnen klar«, sagte er, »daß wir Sie nicht aus den Augen verlieren werden. Unser Überwachungsdienst ist lückenlos. Ich verheimliche Ihnen das nicht, weil ich will, daß Sie wissen, woran Sie sind. Vom Maß Ihrer Zusammenarbeit mit uns wird es abhängen, ob man Sie in Ihren gegenwärtigen Positionen weiterbeschäftigen wird oder nicht.«

Wieder verriet Commander Harris‘ leichtes Neigen des Kopfes Zustimmung.

»Ich sehe keinen Anlaß, Captain, nicht auch weiterhin für VEGA zu arbeiten, und ich glaube, das gilt auch für meine Männer. Wir sind eine eingespielte Besatzung.« Ich hätte gern gewußt, was er dachte, während er das sagte – aber auf jeden Fall war es das klügste, was sich unter den gegebenen Umständen sagen ließ.

»Man wird sich noch mit Ihnen darüber unterhalten«, sagte Captain Bengasi. »Bis dahin machen Sie weiter wie bisher. Morgen um neun melden Sie sich samt Ihren Männern zur Entgegennahme weiterer Weisungen hier im Büro.« Er warf einen Blick auf die Uhr, drehte sich abrupt um und schaltete einen der Fernseh–Monitoren ein, die in die Wand eingelassen waren. »In wenigen Minuten wird Altpräsident Hirschmann zu den Drei Kontinenten sprechen. Ich nehme an, diese Ansprache wird Sie interessieren. Im Anschluß daran sind Sie beurlaubt.«

Der stellvertretende Direktor benutzte die Gelegenheit, als Captain Bengasi ihm den Rücken zuwandte, sich vorzubeugen. Auf die Entfernung hin war es mir nicht möglich zu verstehen, was er Commander Harris zuflüsterte, aber mir fiel auf, daß sich die Züge des Commanders plötzlich verhärteten. Als sich Captain Bengasi umdrehte, saß der Professor bereits wieder aufrecht hinter seinem Schreibtisch, und Commander Harris machte sein übliches ausdrucksloses Gesicht.

Das Fernsehen übertrug die Ansprache aus dem großen Sitzungssaal des Regierungspalastes. Es war eine Gemeinschaftssendung aller Stationen der EAAU. In Lebensgröße sah man den General und den letzten Präsidenten aufeinander zukommen und sich die Hand schütteln. Ein unsichtbares Symphonieorchester spielte klassische Musik, und ein gleichfalls unsichtbarer Kommentator, dessen Stimme mir bekannt vorkam, ohne daß es mir auf Anhieb einfallen wollte, wem sie gehörte, sprach von dem *überwältigenden Erlebnis einer historischen Stunde.*

Professor Tarnowski bemerkte halblaut: »Captain Bengasi hofft, daß es Ihnen nach dieser Ansprache leichter fallen wird, mit ihm zusammenzuarbeiten.«

Commander Harris runzelte die Stirn und blieb stumm. Die feierliche Begrüßung der beiden Staatsmänner war vorüber. Samuel Hirschmann betrat das Podium – und ich hielt den Atem an.

Auf einmal erfüllte mich die wahnwitzige Hoffnung, daß der ganze Spuk in wenigen Sekunden vorbei sein würde, daß schon die ersten Sätze des großen alten Mannes die Sensation enthalten würden, auf die unzählige Menschen warteten. Samuel Hirschmann hatte in den Jahren seiner politischen Karriere mehr als einmal unter Beweis gestellt, daß er auch in schwierigen Situationen zu taktieren wußte. Ich redete mir ein, daß dieses öffentliche Auftreten des gestürzten Präsidenten nur eines bedeuten könnte, nämlich die Wendung zum Guten. Auch Ibaka und Stroganow schienen ähnliche Hoffnungen zu hegen, ich entnahm es ihren erwartungsvollen Mienen. Dann jedoch streifte mein Blick den Commander – und ich erschrak ob der unverhohlenen Gleichgültigkeit, mit der er dem Geschehen auf dem Bildschirm folgte.

Damals verstand ich ihn nicht – doch später ging mir auf, daß er mir in der Beurteilung der neuen Realitäten einen großen Schritt voraus gewesen war.

Präsident Hirschmann konzentrierte sich, bevor er mit seiner Ansprache begann – und ich hörte auf, mich über den Commander zu ärgern, und gab mich ganz meiner Hoffnung hin.

Sekunden später wußte ich nicht mehr, was ich denken sollte. Aus den Lautsprechern drang die vertraute, verehrungswürdige Greisenstimme, und für mich brach eine Welt zusammen. Aus meiner Hoffnung wurde ich in tiefste Verzweiflung gestürzt.

»Bürgerinnen, Bürger der Drei Vereinigten Kontinente«, sagte der Präsident, »mit Tränen der Freude in den Augen durchleben wir die Geburtswehen einer neuen und herrlichen Zeit ...«

In diesem Sinne sprach er weiter, rasch und ohne zu stocken. Es war ein vorbehaltloses Bekenntnis zu den neuen Machthabern und ihrem Programm der Reinigenden Flamme. Unter Berufung auf die Liebe und Achtung, die ihm, dem ehemaligen Präsidenten, wie er wüßte, unverändert entgegengebracht wurde, beschwor er die Einwohner der EAAU, dem General volles Vertrauen zu schenken.

Als der Präsident schließlich geendet hatte und die neue Nationalhymne erklang, war ich so verwirrt, daß ich nicht wagte, meinen Kameraden in die Augen zu sehen, und ihnen – ich sah es an ihren betretenen Mienen – erging es offenbar nicht anders.

Ein Mythos hatte sich soeben selbst zerstört. Der *Unbestechliche*, wie man Samuel Hirschmann früher einmal genannt hatte, war – anders konnte ich sein Überlaufen in das feindliche Lager nicht deuten – dem Preisangebot des Generals erlegen. Bestimmt wäre ich weniger überheblich gewesen, wenn ich schon damals verstanden hätte, was es bedeutete, daß der Präsident nach seinen letzten Worten fortfuhr, mit leeren, blicklosen Augen in die Kamera zu blicken, während seine Lippen leicht zitterten, als wollten sie noch immer Worte formen, obwohl es nichts mehr zu sagen gab. Aber zu diesem Zeitpunkt war ich viel zu sehr mit mir selbst beschäftigt, um auf diese winzigen Signale zu achten.

Was ich soeben erlebt hatte, war ungeheuerlich – so sehr, daß ich mich beharrlich weigerte, daran zu glauben, obwohl mein Verstand mir sagte, daß es sich tatsächlich zugetragen hatte. Eine furchtbare Anklage formte sich in meinen Gedanken, und ich war unfähig, sie hinwegzuscheuchen, eine Anklage, die sich in einem einzigen Wort ausdrücken ließ: *Verrat*. Und so, wie Samuel Hirschmann mit dieser Rede alle Bürger der Drei Kontinente verraten hatte, die vielleicht, wenn man sie nur richtig angesprochen hätte, aufgestanden wären, um den General in seine Schranken zu verweisen, so hatte er auch mich verraten.

Es gab, so sagte ich in meiner Überheblichkeit zu mir selber, keine Entschuldigung für Hirschmann – nicht einmal, falls man ihn gefoltert haben sollte. Wenn man wie er das Gewissen unzähliger Menschen vertrat, durfte man sich seiner Verantwortung nicht entziehen.

Mit dieser Ansprache, so spürte ich, war die Machtergreifung durch den General perfekt geworden. Wenn sogar der *Unbestechliche* zum General überlief – aus Vorteil, aus Angst, gleichviel –, dann dürfte es in der EAAU bald niemanden mehr geben, der noch Mut und Kraft aufbringen würde, sich gegen die verhängnisvolle Entwicklung zu stellen.

Die Übertragung näherte sich einem rührseligen Höhepunkt. Ein kleines Mädchen kam auf das Podium und überreichte dem Präsidenten einen Strauß roter Rosen. Hirschmann strich dem Mädchen mit einer mechanisch wirkenden Handbewegung über den Scheitel, doch als er nach den Rosen faßte, griff er daneben, und sie fielen auf den Fußboden. Im gleichen Augenblick verdunkelte sich der Bildschirm.

Captain Bengasi schaltete das Gerät ab, und ich blickte in die blassen, ratlosen Gesichter meiner Kameraden.

Lediglich der Commander wirkte wie zuvor gleichgültig und ungerührt, als er sich steif erkundigte: »Ich nehme an, wir dürfen uns jetzt verabschieden, Captain. »

»Ich lasse jetzt Ihre Passierscheine kommen«, sagte Captain Bengasi.

Commander Harris warf Professor Tarnowski einen fragenden Blick zu, und dieser bemerkte:

»Eine neue Formalität, Commander, nur der Ordnung halber. Selbst ich bin davon nicht ausgenommen.«

Die Passierscheine wurden gebracht, und wir verabschiedeten uns und machten uns auf den Weg in die Stadt. Bis zum Tor gingen wir zu Fuß, dort wiesen wir die Ausweise vor, und die Schwarzuniformierten ließen ihre Waffen sinken und gaben uns den Weg frei.

Außerhalb der Absperrung winkte Commander Harris ein Taxi herbei, und wir stiegen ein.

»Wohin?« fragte der Fahrer.

Der Commander öffnete ein Fenster, feuchtete einen Finger an und prüfte den Wind – und noch während ich mich fragte, was er damit bezweckte, sagte er:

»Zur Nordmole.«

Kapitel 12

Die See hatte weiße Schaumkämme aufgesetzt und brandete schwer gegen die Betonmauern. Der Wind trieb die abgerissene Gischt vor sich her und benetzte damit unsere Gesichter. Die Luft roch nach Wasser und Salz. Über dem Molenkopf kreisten Möwen und Kormorane. Das Taxi, das uns hierher gebracht hatte, wendete und entfernte sich. Das Fauchen der Düsen ging unter im Donnern und Heulen der Brandung – und plötzlich begriff ich, warum wir hierher gekommen waren.

»Ich glaube«, sagte Commander Harris, »hier können wir ungestört unsere Gedanken austauschen. Auf jeden Fall sind wir vor Abhörgeräten sicher.«

Ich wollte meiner Erbitterung Luft machen, aber er gab mir mit einem Heben der Augenbrauen zu verstehen, daß er noch nicht am Ende war.

»Bevor wir uns in Überlegungen verlieren«, fuhr er fort, »will ich Ihnen, meine Herren, mitteilen, was ich vom Stellvertretenden Direktor erfahren habe. Es ist zwar nicht viel, aber es liefert doch einige Anhaltspunkte. Die eine Tatsache, von der ich Sie in Kenntnis setzen muß, ist die, daß der Direktor nicht beurlaubt, sondern verhaftet ist. Die zweite Tatsache lautet: Es trifft zu, daß er, bevor er verhaftet wurde, sämtliche Unterlagen über Delta VII vernichtete. Daraus folgt: Captain Bengasi, und wer immer hinter ihm steht, kann auf unsere Erfahrung mit dem Vogel einstweilen nicht verzichten. Für die nächsten Tage haben wir deshalb kaum etwas zu befürchten. Verängstigte Männer wären miserable Testpiloten.«

Meine Erbitterung brach durch. »Sir«, sagte ich, »Sie erwarten doch von uns nicht etwa im Ernst, daß wir mit diesen Elementen zusammenarbeiten?«

Commander Harris sah mich eine Weile lang nachdenklich an. »Captain«, sagte er schließlich, »Ihre Empörung ehrt Sie – aber bevor Sie mich dessen bezichtigen, was Ihnen auf der Zunge liegt, ziehen Sie doch einmal in Betracht, daß es ohne diesen Preis für uns keinen Zugang zu Delta VII mehr gäbe.«

Daran hatte ich nicht gedacht, und plötzlich schämte ich mich, weil ich ihm mißtraut hatte.

Stroganow blickte sich nach allen Seiten um und fragte: »Sir, was haben Sie vor?«

»Langsam«, sagte Commander Harris. »Wir wollen nichts überstürzen.«

»Nichts überstürzen?« sagte Ibaka aufgeregt. »Eins ist sicher, Commander: Wenn sie selbst einen Mann wie den Präsidenten für ihre Zwecke gewinnen konnten, Gott weiß wie, werden sie eines Tages auch uns in die Tretmühle prügeln. Ich für meinen Teil möchte es nicht so weit kommen lassen.«

»Das mit dem Präsidenten«, sagte Stroganow mutlos, »verstehe ich nicht. Ich verstehe das einfach nicht. Er sah nicht aus, als ob sie ihn gefoltert hätten, und unter dem Einfluß von Drogen stand er ebenfalls nicht.« Er wandte sich an mich. »Oder ist Ihnen, Captain, irgend etwas an ihm aufgefallen?«

Ich wußte nicht, was ich darauf erwidern sollte. Schlaff, müde, mit hängenden Schultern stand ich da, fröstelnd im kalten Wind: ein Mann, in dem irgend etwas zerbrochen war.

»Nein«, sagte Commander Harris an meiner Stelle, »auch Captain Brandis hat nicht mehr gesehen und gehört als wir alle. Wir werden uns mit dieser Tatsache wohl abfinden müssen. Wichtiger als hierauf eine Antwort zu finden, scheint mir zu sein, uns über unsere nächsten Schritte einig zu werden, Ich habe mir da einiges durch den Kopf gehen lassen ...«

Im kalten Wind und unter den Spritzern der Brandung besprachen wir die Einzelheiten einer Flucht, an der auch Ibakas und Stroganows Familien beteiligt sein sollten. Ich bat den Commander um die Erlaubnis, Ruth O'Hara mitnehmen zu dürfen, und er willigte ein, wohl weil er spürte, daß das meine Bedingung war.

Kapitel 13

Ich hatte gehofft, Tom Collins daheim vorzufinden, aber er war nicht da, und so kehrte ich in meine Wohnung zurück – ein wenig verwirrt, denn um diese Zeit pflegte Tom Collins meist zu Hause zu sein, um seinen Kommentar für die Abendsendung zu formulieren.

Ein Glas Whisky in der Hand – so ziemlich der letzte, den Collins mir übriggelassen hatte –, überdachte ich die Lage. Ich war jetzt Mitte Dreißig, hatte außer der Fliegerei nichts gelernt und stand im Begriff, einen unwiderruflichen Schritt zu tun, mich aus meinen gewohnten Bindungen zu lösen und eine ungewisse Zukunft auf mich zu nehmen, nur weil sich etwas in mir sträubte, mich mit diesem neuen Regime anzufreunden.

Damit kehrten meine Gedanken vorübergehend zu Collins zurück, und ich fragte mich, wie er, der nie eine Gelegenheit ausgelassen hatte, die Reinigende Flamme anzugreifen, mit all den Veränderungen fertig geworden sein mochte.

Ich leerte mein Glas und stellte es ab.

Vielleicht, dachte ich, ist er nur deshalb nicht zu Hause, weil er längst in irgendeinem Gefängnis sitzt – so wie ich das bald tun werde, wenn Commander Harris' Plan nicht funktioniert.

Dann und wann war Collins in seinen Sendungen über das Ziel hinausgeschossen, aber nie war ihm vorzuwerfen gewesen, daß er es nicht ehrlich und aufrichtig meinte. Früher oder später mußten die neuen Machthaber ihm die Rechnung dafür vorlegen.

Der Gedanke an Collins beschäftigte mich freilich nur am Rande – nun, da ich auf die Dunkelheit wartete, um mein Vorhaben zu verwirklichen. Wenn es schief ging, würde ich mir dabei unweigerlich alle Knochen brechen, aber es war die einzige Möglichkeit, mit Ruth in Verbindung zu treten, ohne daß es auffiel.

Ich zweifelte nicht daran, daß ich überwacht wurde, und nicht weniger wahrscheinlich erschien es mir, daß auch die Sekretärin des abgesetzten Präsidenten überwacht wurde. Bis jetzt hatte ich nichts getan, was sie oder mich hätte in Schwierigkeiten bringen können. Den Nachrichten mochte sie vielleicht entnommen haben, daß Delta VII zurückgekehrt war. Bei ihr anzurufen, hatte ich bisher lieber vermieden.

Daß sie bereit wäre, mit mir zusammen den ungewissen Weg anzutreten, dessen war ich gewiß. Unter der Flagge mit dem Flammensymbol war für sie, wie ich sie kannte, kein Leben möglich.

Was jedoch ließ mich zu diesem Schritt entschlossen sein? Der Zwischenfall auf Asinara allein war kein triftiger Grund: Die Mißhandlungen ließen sich verdrängen und vergessen. Auch mit den Veränderungen bei der VEGA konnte man sich abfinden – zumal dies ein Zeitpunkt war, um auf der Stufenleiter der Beförderungen ein paar Stufen auf einmal zu nehmen. Auch die neuen Machthaber konnten auf ausgebildete Piloten nicht verzichten. Mehr oder minder lag es wohl an mir, ob ich mich arrangieren wollte oder nicht. Irgend etwas hielt mich davor zurück – aber es war nicht wie bei Ruth der Glaube an menschliche Würde, Gerechtigkeit und Recht auf Freiheit, kurz an alle diese ideellen Werte, die meiner Generation so selbstverständlich waren, daß man kaum je über sie nachdachte, sondern es war – so sehe ich es von meiner heutigen Warte – krasser Egoismus. Ich wollte mich nicht unterwerfen. Ob die andern sich unterwarfen oder nicht, war mir gleichgültig. Über die Verantwortlichkeit des einzelnen für die Gemeinschaft, in der er lebt, nachzudenken, begann ich erst später.

Es ging jetzt darum, den doppelten Ring der Bewacher zu durchbrechen, ohne daß sie es bemerkten. Ich hatte mir etwas einfallen lassen.

Nicht ohne Mißtrauen beäugte ich den alten Skyrider, den ich für diesen Zweck hervorgeholt hatte. Das Gerät stammte noch aus der Zeit, in der ich diesen Sport ausgeübt hatte, und das war lange her, zehn Jahre oder mehr. Seitdem hatte es vergessen in einem der Schränke gelegen, und niemand konnte sagen, wieviel es noch taugte. Früher hatte man damit Höhen bis zu fünfhundert Metern erreichen und, wenn man geschickt genug damit umging, bis zu einer halben Stunde in der Luft bleiben können, doch damals war das Gerät täglich überprüft und gepflegt worden. Jetzt jedoch waren die Schläuche rauh, hart und brüchig, und der verbliebene Treibstoff mochte knapp für sieben, acht Minuten ausreichen.

Eine Weile lang spielte ich mit dem Gedanken, einfach loszufahren, um neuen Treibstoff zu besorgen, aber sehr bald schon entschied ich mich dagegen. Es würde nur unnötig Verdacht erregen und vielleicht sogar alles in Frage stellen.

Alles, was ich brauchte, war Dunkelheit, in der ich mich verbergen konnte, und Glück.

Ich griff nach der Whiskyflasche, um mir den darin verbliebenen Rest einzuschenken, stellte sie aber ungeöffnet wieder fort.

Und drittens brauche ich, dachte ich, klaren Verstand. Während ich auf die Dunkelheit wartete, ging es mir durch den Sinn, daß ich jetzt vielleicht die letzten Minuten meines Lebens durchlebte – und diese Erkenntnis ließ mich frieren. Aber alles, was ich von meinem Fenster aus sah und hörte, bestärkte mich in meinem Entschluß: die Laser–Batterien, die alle wichtigen Punkte der Stadt besetzt hielten, die Abhorch–Wagen auf den Straßen, die Patrouillen der verhaßten Schwarzuniformierten, die wachsamen Fernseh–Augen, die überall lauerten, und diese Musik, die aus den unzähligen Lautsprechern rieselte und die neue Glückseligkeit verkündete.

Die Dämmerung brach herein, und ich trat hinaus auf das Dach. Metropolis begann sich, allen politischen Veränderungen zum Trotz, mit bunten Lichtern zu schmücken. Die 151. Avenue, in der Ruth O'Hara wohnte, war von meinem Standpunkt aus nicht zu sehen, aber ich wußte, wo sie lag, und auf dem Stadtplan hatte ich die genaue Entfernung in der Luftlinie abgesteckt: 24,3 Kilometer. Das 250 Meter hohe Trignum – Wahrzeichen der Drei Vereinigten Kontinente – war mir ein willkommener Richtungsweiser.

Vorausgesetzt, dachte ich, ich schaffe es in vier Minuten, und ebenfalls vorausgesetzt, der Treibstoff reicht auch für den Rückflug – dann kann mir nur noch der Wind einen Strich durch die Rechnung machen.

Der Wind mißfiel mir. Er wehte zwar schwächer als draußen an der Nordmole, doch noch immer war er stark genug, um mir Schwierigkeiten bereiten zu können. Manchmal flaute er fast völlig ab, dann wiederum frischte er böig auf.

Ich rauchte noch eine Zigarette. Als ich sie ausdrückte, war es dunkel genug.

Ich hob den Skyrider auf und schleppte ihn hinauf auf das Dach, wobei mir schien, daß mir das Gewicht des Gerätes früher einmal weniger zu schaffen gemacht hatte – und da es nicht schwerer geworden war, mußte es wohl an meiner Kondition liegen. Oben angekommen, gönnte ich mir einige Atemzüge der Erholung, bevor ich mir den Skyrider auf den Rücken wuchtete und die Riemen festzog.

Das Festziehen der Riemen war so ziemlich das Wichtigste. Ich hatte es nicht vergessen, wie ich einmal zwischen Himmel und Erde einen verzweifelten Kampf gekämpft hatte, nur weil ich vorher in der Eile die Riemen so nachlässig angezogen hatte, daß der Skyrider, kaum daß ich abgehoben hatte, sich auf einmal selbständig zu machen trachtete. Seither war ich weniger sorglos gewesen – in der kurzen Zeitspanne, in der ich diesen Sport noch ausgeübt hatte. Wenig später war er, der ohnehin aus der Mode zu kommen begann, wegen einiger Unfälle verboten worden.

Ich bewegte die Schultern. Der Skyrider saß fest und unverrückbar auf meinem Rücken, und ich war zufrieden. Nun mußte es sich zeigen, wie es um mein Glück bestellt war – und hier half mir die beste Sorgfalt nicht weiter. Ich berührte den Anlasser, und der Skyrider begann zu fauchen und an meinen Schultern zu zerren. Er schien noch völlig in Ordnung zu sein; genau ließ sich das auf diese Weise freilich nicht feststellen.

Ein letztes Mal überprüfte ich den Wind. Nach zwei, drei heftigen Böen war es fast windstill geworden. Länger durfte ich nun nicht mehr zögern. Es war höchste Zeit, daß ich mich auf den Weg machte, dafür war der Treibstoff einfach zu knapp.

Ich faßte den Regulator fester und zog. Der Skyrider reagierte sofort, riß mich in die Höhe und ließ mich in die Nacht hinein davonstürmen, viel zu rasch und viel zu ungestüm. Ich hatte einfach nicht mehr das richtige Gefühl dafür.

Ich verringerte die Geschwindigkeit und machte schwimmähnliche Bewegungen mit den Füßen, bis ich auf dem richtigen Kurs war. Höher zu steigen hätte mir vielleicht etwaigen Beobachtern gegenüber ein größeres Maß an Sicherheit verschafft, doch es hätte auch unersetzlichen Treibstoff gekostet, und darum verzichtete ich darauf. Ich hatte mir das Trignum zum Ziel genommen, das sich, ein scharfumrissenes Betonmassiv, gegen die Lichter der Stadt abzeichnete, und diesen Kurs behielt ich bei, immer in der Hoffnung, daß keiner meiner unbekannten Bewacher plötzlich den Kopf hob und mich entdeckte. Die Dunkelheit war ein nur unvollkommener Schutz, denn der Kometenschweif, den ich hinter mir herzog, war von verräterischer Helligkeit. Ich mußte mich einfach darauf verlassen, daß meine Bewacher an diese Möglichkeit, das Haus zu verlassen, nicht gedacht hatten und folglich, als ich abhob, nicht auf der Hut gewesen waren. Allmählich begann ich mich mit dem Skyrider wieder anzufreunden, und ich erinnerte mich, wie berauschend es oft auf mich gewirkt hatte, mit diesem Gerät der Schwerkraft zu entfliehen und mich einem Vogel gleich in die Luft zu erheben. Mit einer Reise im Raumschiff war das nicht zu vergleichen – vielleicht, weil man einen Skyrider nur dann wirklich beherrschte, wenn man mit ihm eine lebendige Verbindung einging: etwas, was im Raumschiff nicht stattfinden konnte. Mit jeder Bewegung, die man tat, mit jeder Drehung, jeder Verlagerung des Körpergewichtes zwang man ihm etwas von seinem Willen auf. Mein Hochgefühl hielt nicht lange vor.

Ich hatte mich dem Trignum, auf dem ich kurz zwischenlanden wollte, um mich neu zu orientieren, bis auf knapp fünfzig Meter genähert, als eine Bö über mich herfiel – und plötzlich war ich kaum mehr als ein dahinwirbelndes Blatt im Wind. Ich sah den scharfgratigen Beton des Denkmals auf mich zustürzen, und einen entsetzlichen Herzschlag lang fühlte ich mich preisgegeben und verloren – unfähig, diesen Sturz aufzuhalten oder wenigstens zu steuern. Doch gleich darauf wurden wohl alte, nie ganz verdrängte Instinkte in mir wach, die Routine gewann Herrschaft über meine panische Angst, und ich riß den Regulator durch, während ich gleichzeitig ruckartig den Kopf hob. Das rettete mich.

Der Skyrider zog mich fast senkrecht in die Höhe.

Ich ließ mich über das Trignum hinaustragen, dann setzte ich, ohne mich noch einmal vom Wind überlisten zu lassen, behutsam auf einer der drei oberen Galerien auf.

Nach zwei, drei taumelnden Schritten blieb ich stehen, erholte mich von meinem Schrecken und orientierte mich – ahnungslos, daß ich soeben den Fehler begangen hatte, der mich um ein Haar verraten hätte.

Tagsüber waren die oberen Galerien beliebte Ausflugsorte, weil man von ihnen bei klarem Wetter die ganze Stadt übersehen konnte. Um diese Zeit jedoch befand sich kein Mensch mehr hier. Damit hatte ich gerechnet.

Die Hälfte der Strecke lag hinter mir, doch der schwierigste Teil des Fluges begann erst jetzt. Die Vielzahl der Avenuen, Straßen, Parkanlagen und Lichter war verwirrend, und erst nach längerem Suchen und

Vergleichen erkannte ich die Baumgruppe, die Ruth O'Haras Haus umschloß.

Der plötzliche Lichtstrahl, der über mich herfiel, überraschte mich so sehr, daß ich mitten in der Bewegung erstarrte – und vielleicht war es diese Reglosigkeit, die mich noch einmal rettete. Ein paar atemlos beklemmende Sekunden lang war ich davon überzeugt, daß alle Scheinwerfer der Stadt auf mich gerichtet wären – während unsichtbare Scharfschützen unter mir bereits das Ziel anvisierten.

Doch das Licht rührte von keinen Scheinwerfern her.

Lediglich ein großer Bildwerfer hatte sich das Trignum als Projektionsfläche für ein überdimensionales Dia ausgesucht, und ich, wie ich da stand, war zu einem Teil von General Smith geworden, der auf seine Hauptstadt herabIächelte.

Aus meiner anfänglichen instinktiven Erstarrung wurde allmählich eine bewußte, konzentrierte Reaktion der Abwehr. Darin, daß ich stillstand und abwartete, bis es dem Mann am Bildwerfer einfiel, ein neues Dia einzuschieben, lag meine einzige Hoffnung. Ich verlor jedes Gefühl für Zeit.

Ich wußte nicht, ob man mich sehen konnte – aber mir war, als wären Millionen Augen auf mich gerichtet. Es schien mir unmöglich zu sein, daß ich auf die Dauer unentdeckt blieb.

Und doch war es so.

Das Licht erlosch so unvermittelt, wie es über mich hergefallen war, und nicht ein einziger Schuß war auf mich abgegeben worden – vielleicht, weil niemand in Metropolis mehr zu diesem General aufblickte, der ihm auf Schritt und Tritt von Tausenden von Plakaten entgegenlächelte.

Diesmal schwebte ich, trotz meiner Aufregung, mit der Leichtigkeit einer aufsteigenden Feder davon. In den guten alten Zeiten hätte ich es nicht besser machen können. Seltsam, wie man nie ganz vergißt, was man einmal erlernt hat.

Noch ein paarmal wurde ich von den tückischen Böen erfaßt, doch diesmal war ich auf der Hut, und jedesmal, bevor sie mir gefährlich werden konnten, manövrierte ich sie mit einer schnellen Körperdrehung aus.

Unter mir pulsierte die Stadt, und in Augenblicken der Windstille konnte ich die heiteren Klänge aus den Lautsprechern hören, die das neue Glück, das mit dem General gekommen war, in alle Häuser bringen sollten. Aber ich konnte auch deutlich die Laser–Batterien erkennen, die unbeweglich auf ihren Positionen standen, und die fahrbaren Abhorchgeräte, die durch die Straßen schlichen, ihre metallenen Tentakel ausschwenkten und dann wieder weiterfuhren.

Weit, weit in der Ferne gewahrte ich die roten und grünen Lichter von VEGA und, von ihnen mit bunten Reflexen überzogen, das leuchtende Cockpit von Delta VII, und eine Weile lang faszinierte mich der Gedanke, daß ich nur den Kurs zu ändern brauchte, um an Bord zu gehen.

Dann jedoch schwebte ich bereits über die 151. Avenue hinweg und hatte Mühe, aus der Vielzahl von Baumgruppen die richtige herauszufinden. Noch einmal geriet ich in eine dieser widerlichen Böen, doch statt zu steigen, wich ich diesmal nach unten aus, bis meine Füße fast die Erde berührten; dann zog ich noch einmal den Regulator, huschte steigend über die Bäume hinweg, sah das Haus, in dem ich so viele glückliche Stunden verbracht hatte, vor mir auftauchen, korrigierte den Kurs, verlangsamte und setzte fast lautlos auf dem Balkon auf.

Als ich mein Gerät abgeschnallt hatte, sah ich mich um. Die Balkontür war lediglich angedrückt; ich gab ihr einen sanften Stoß, und sie schwang auf. Ich betrat Ruths Wohnzimmer. Fast im gleichen Augenblick kam Ruth durch eine andere Tür herein. Noch bevor sie mich erkannte, war ich bei ihr und preßte ihr die Hand auf den Mund.

»Ich bin's!« sagte ich. »Um Gottes willen, verliere jetzt nicht die Nerven.«

Ich zog sie an mich und gab ihr Zeit und Gelegenheit, den Schrecken, den ich ihr zugefügt hatte, zu überwinden. Seit meiner Rückkehr zur Erde war das mein erster glücklicher Augenblick – und fast vergaß ich, weshalb ich gekommen war und daß die Zeit nicht zu meinen Verbündeten gehörte. Ich hielt Ruth fest in den Armen, atmete den Duft ihrer Haut in mich ein und wünschte mir verzweifelt, ich könnte für sie und mich einen Weg zurück finden in unsere glückliche, sorglose Vergangenheit.

Nach einer Weile holte Ruth tief Luft und löste sich von mir. Bevor sie etwas sagen konnte, legte ich ihr den Zeigefinger auf die Lippen, und sie begriff.

Ihre Augen strahlten mich an, und ich wußte, daß sie sich genauso nach mir gesehnt hatte wie ich mich nach ihr. Ich ging hinüber zur Musiktruhe und ließ das Titelverzeichnis rotieren, bis ich das Passende gefunden hatte. Ein Druck auf den Knopf – und der Raum war erfüllt mit den feierlichen Klängen eines alten jüdischen Synagogengesanges. Ich drehte die Musik lauter. Die Spitzel auf der Straße sollten sich ruhig wundern.

Dann kehrte ich zu Ruth zurück und nahm sie wieder in die Arme. Auf diese Weise konnten wir miteinander sprechen, ohne zu schreien.

»Ich habe nicht viel Zeit«, sagte ich. »Darum beantworte nur meine Fragen. Wirst du überwacht?«

»Ja«, sagte Ruth.

»Glaubst du, du kannst ihnen entwischen?«

»Ich habe noch nicht darüber nachgedacht.« Sie warf ein wenig den Kopf zurück, um mich besser sehen zu können. »Warum?«

»Du mußt es tun«, sagte ich. »Sobald mein Anruf kommt, mußt du das Haus verlassen und dich zum nördlichen Golfplatz begeben, ohne daß dir jemand folgt. Glaubst du, du kannst das schaffen?«

Ruth nickte.

»Ich werde es versuchen. Aber warum, Mark? Was hast du vor?«

»Es muß klappen«, sagte ich. »Vergiß nicht: Sobald ich dich anrufe, unter irgendeinem Vorwand, verläßt du das Haus und begibst dich zum nördlichen Golfplatz. Alles Weitere laß meine Sorge sein.«

Sie schmiegte sich enger an mich, und ich spürte, wie ein leises Zittern ihren Körper durchlief.

»Mark, was hast du im Sinn?«

Ich streichelte ihr Haar – überwältigt von der Erkenntnis, wieviel sie mir bedeutete.

»Nichts, was du verwerfen würdest«, sagte ich ausweichend. »Falls bei mir etwas dazwischenkommt, kannst du immer noch nach Hause zurückkehren, und wenn man dir dann Fragen stellt, kannst du ruhigen Gewissens sagen: du weißt von nichts.«

Sie trat einen halben Schritt zurück und sah mich an. »So ernst ist es?«

»Ja«, sagte ich, »so ernst.« Sie erriet meine Gedanken. »Du willst fliehen?«

»Ja«, sagte ich. »Es ist alles vorbereitet.«

Sie kehrte zu mir zurück und lehnte ihren Kopf gegen meine Schulter.

»Sie haben den Präsidenten.«

»Ich weiß«« sagte ich. »Ich habe seine Rede gehört.«

»Und du denkst«, fragte Ruth, »das hat er aus freien Stücken getan?«

Ich blieb stumm. Ruths seelische Bindung an den Präsidenten war groß, und ich wollte sie nicht kränken. Außerdem wollte ich jetzt keinen Streit. Ich mußte zurück in meine eigenen vier Wände – für den Fall, daß man meine Anwesenheit überprüfen sollte.

»Mark«, sagte Ruth – so laut, daß ich mich besorgt fragte, ob der Vorhang aus Musik, den ich um uns gezogen hatte, uns auch genügend abschirmte –, »er hat uns nicht verraten. Ich weiß nicht, was sie mit ihm gemacht haben, aber irgend etwas müssen sie mit ihm gemacht haben. Du hast ja überhaupt keine Ahnung, wozu sie alles fähig sind!«

Ich küßte sie rasch auf den Mund und ließ sie los. »Ein Grund mehr, zum Golfplatz zu kommen.«

Ruths Augen waren verschleiert, aber sie nickte. »Ich werde kommen, Mark«, sagte sie.

Seite an Seite traten wir auf den Balkon hinaus. Ich wuchtete mir den Skyrider auf den Rücken.

»Paß auf dich auf!« sagte Ruth leise. »Und noch etwas, Mark: Nimm dich vor Collins in acht.«

Die Tragweite dieser Warnung bewirkte, daß sich mein Herzschlag verlangsamte.

»Ruth, was willst du damit sagen? Ich kenne Tom. Er ist treu wie Gold.«

Ruths Stimme wurde hart und spröde.

»Nun«, sagte sie, »früher oder später wirst du es ja doch erfahren, weshalb also nicht von mir? Das Fernsehen ist umorganisiert worden, und ein paar wichtige Leute sind dabei in der Versenkung verschwunden. Tom Collins aber macht mit seiner Sendung weiter – nur daß jetzt plötzlich bei ihm alles weiß ist, was früher rabenschwarz war.«

Vielleicht, wenn ich von den neuen Machthabern bereits so viel gesehen hätte wie Ruth, wäre ihre Warnung nicht von mir in den Wind geschlagen worden. Damals jedoch wußte ich nur eins: Tom Collins war mein Freund. Für die Lauterkeit seines Charakters stand ich ein.

»Wer weiß«, sagte ich darum nur, »was er damit bezweckt. Wenn Tom meint, mit den Wölfen heulen zu müssen, verfolgt er damit bestimmt einen Zweck.«

Ruth schwieg.

»Hauptsache«, sagte ich noch »wir beide wissen, was wir voneinander zu halten haben.«

Der Skyrider war angelegt, ein Windstoß ließ die Bäume aufrauschen, danach wurde es still. Ich drückte auf den Starter, zog den Regulator und trat vom Balkon hinab ins Leere. Der Skyrider fing den Sturz sanft auf und zog mich davon.

Kapitel 14

Das schwere Gerät in der rechten Hand, so betrat ich vom Dach her meine Wohnung. Auf der untersten Treppenstufe blieb ich stehen, und einen Herzschlag lang glaubte ich mich verraten und überführt. Dann jedoch stellte ich erfreut den Skyrider ab und streckte die Hand aus.

»Tom!« sagte ich erleichtert. »Gott, bin ich froh, daß *du* es bist.«

Tom Collins saß mit ausgestreckten Beinen rauchend im Sessel – in der für ihn so charakteristischen lässigen, unbekümmerten Haltung – und trank mir meinen letzten Whisky fort. Irgendwie verstand er es, auch in der verschlissenen Clubjacke, die er zu Hause zu tragen pflegte, elegant und sympathisch auszusehen: ein Mann, wie ihn sich jeder Modefotograf wünschte.

Ich vergaß Ruths Warnung. Auf der ganzen Welt konnte nicht so viel geschehen, um einen Keil zwischen Tom und mich zu treiben.

Tom stellte langsam sein Glas ab, drückte seine Zigarette aus und stand auf.

»Hallo, Mark!« sagte er. Im Klang seiner Stimme lag nichts von der zwischen uns gewohnten rauhen Herzlichkeit, doch obwohl mir das nicht entging, weigerte ich mich, es zur Kenntnis zu nehmen. »Ich habe mich schon gefragt, wo du dich zu dieser Stunde herumtreibst.«

Meine Hand ergriff er nicht.

Ich hob den Skyrider noch einmal auf und stellte ihn in eine Ecke. Noch immer wollte ich nicht glauben, daß Tom sich verändert haben sollte, dennoch wurde plötzlich ein neues Gefühl in mir wach: Mißtrauen. Ich beschloß, Tom in meine Pläne vorerst nicht einzuweihen, zumal bei der Vielzahl von Abhorchwagen ein offenes Gespräch ohnehin nicht ratsam war.

»Ach«, sagte ich, »ich wollte nur mal sehen, ob das alte Ding überhaupt noch was taugt. Nun, allzuviel ist nicht mehr damit los. Mit etwas Geschick kann man sich damit gerade noch das Genick brechen.« Ich ließ mich in einen Sessel sinken und schlug die Beine übereinander. »Und jetzt mal ,raus mit der Sprache, Tom, wie es unter alten Freunden üblich ist! Was bedeutet dieser frostige Empfang?«

Ich hatte mit Absicht diesen leichten Plauderton gewählt, um Tom einen Ausweg aus der zwischen uns wachsenden, mir unheimlichen Spannung zu zeigen. Aber er nahm ihn nicht wahr. Auf einmal schien Feindseligkeit in seinen Augen zu lauern.

»Du befindest dich im Irrtum, Mark. *Ich* bin es, der dir ein paar Fragen zu stellen hat, und ich kann nur hoffen, daß deine Antworten zufriedenstellend ausfallen.«

Seine kalte Sicherheit beunruhigte mich. Sie erinnerte mich an etwas, was ich erst kürzlich schon einmal erlebt hatte, aber darüber nachzudenken, blieb mir vorerst keine Zeit.

»Mir scheint«, erwiderte ich, »du gehst entschieden einen Schritt zu weit, Tom. Ich bin dir keine Rechenschaft schuldig – und am wenigsten in meiner eigenen Wohnung. Wenn du zuviel getrunken hast und Streit suchst, tust du besser daran, dich in deine eigenen vier Wände zurückzuziehen.«

Meine Worte ließen Collins unbeeindruckt. An seiner kalten Sicherheit prallten sie wirkungslos ab, ohne überhaupt zu treffen. Auf einmal wußte ich, woran ich soeben erinnert worden war: an den Empfang auf Asinara. Dort war ich zum erstenmal mit dieser unbeirrbaren, jeder Beleidigung unzugänglichen, auf konkrete Macht gestützten Sicherheit konfrontiert worden.

»Du irrst schon wieder.« Tom Collins hob die rechte Hand vor sein Gesicht, so daß sein Handrücken mir zugekehrt war. »Vielleicht begreifst du jetzt, warum.«

Auf Tom Collins rechtem Handrücken prangte die *Reinigende Flamme.*

Ein zweites Mal an diesem Tag brach eine ganze Welt für mich zusammen, und ich fiel in einen Abgrund des Entsetzens und der Verzweiflung. Bis zu dieser Minute hatte ich noch an die Unveränderlichkeit gewisser Menschen geglaubt. Nun jedoch mußte ich jäh erkennen, daß von meiner alten gewohnten Weltordnung nichts übriggeblieben war, daß kein Gesetz mehr galt, daß alle Erfahrungen hinfällig waren – und daß ich über nichts mehr verfügte, an das ich mich halten konnte, um nicht an mir selbst irre zu werden.

»Tom«, sagte ich gepreßt, »Tom, das kann doch nicht sein! Hör endlich mit diesen blödsinnigen Späßen auf! Du bist doch immer gegen sie gewesen. Es ist doch nur ein paar Tage her, daß wir miteinander gesprochen haben.«

Tom streckte die Hand nach mir aus.

»Wen die Reinigende Flamme berührt«, sagte er, »der wird entweder ein neuer Mensch, oder aber er zerfällt zu Asche. Du kannst von Glück reden, daß ich unsere alte Freundschaft noch nicht ganz vergessen habe – nur darum drücke ich ein Auge zu. Aber das ändert nichts daran, daß du dich entscheiden mußt, Mark – jetzt und auf der Stelle.«

Ohne den Arm sinken zu lassen, begann Tom Collins langsam auf mich zuzugehen.

Ich weiß nicht, was er damit bezweckte. Vielleicht vollbrachte er, indem er mich berühren wollte, nichts als eine symbolische Handlung – aber in der Unbeirrbarkeit, mit der er sich mir näherte, lag etwas Bedrohliches, ein tödlicher Ernst, der mir einen Kälteschauer über den Rücken jagte.

Mit trockenem Mund sagte ich: »Laß den Blödsinn, Tom! Mir ist jetzt wirklich nicht danach zumute. Von mir aus halt es, mit wem du willst, nur laß mich damit in Ruhe!«

Langsam und unbeirrt kam Tom immer näher auf mich zu, und plötzlich spürte ich mit untrüglicher Gewißheit, daß ich dieser Entscheidung nicht ausweichen konnte, selbst wenn ich wollte.

»Ich weiß«, sagte er, »daß du gegen uns bist, aber noch kannst du umkehren, noch ist es dafür nicht zu spät. Meine Aufgabe ist es, dich auf den richtigen Weg zu bringen. Wir brauchen Männer wie dich.«

Seine Hand mit der Reinigenden Flamme stieß auf mich zu, und ich sagte: »Das ist nah genug, Tom!« und schob ihn mit dem Bein von mir fort.

Ich hatte ihn wirklich nur fortschieben wollen, doch er verlor das Gleichgewicht und fiel hin. Ich benutzte diese Gelegenheit, um mich aus dem Sessel zu erheben. Noch einmal schöpfte ich Hoffnung, ich könnte das zerrissene Band unserer Freundschaft wieder knüpfen. »Tom«, sagte ich, »hast du denn total den Verstand verloren?«

Tom Collins stand auf und klopfte seine Jacke ab. Sein Blick verriet mir, wie sinnlos diese Hoffnung gewesen war.

»Aus alter Freundschaft«, sagte er, »wirklich, aus alter Freundschaft wollte ich für mich behalten, was ich von dir weiß, Mark. Aber damit ist es jetzt vorbei. Wer nicht für uns ist, ist gegen uns. Ich werde jetzt die Dritte Abteilung verständigen, und wenn du etwas zu gestehen hast, dann tu es lieber gleich, bevor man dich in die Mangel nimmt.«

Er wollte zum Telefon gehen, doch ich trat ihm in den Weg, und ohne noch länger Rücksicht zu nehmen auf die Abhorchwagen in den Straßen, sagte ich: »Tom, auch wenn du meinst, daß auf ihrer Seite der Zucker süßer schmeckt – du kannst dich ihnen doch nicht mit Haut und Haaren verschrieben haben.«

Genauso gut hätte ich mit einer Wand reden können. Tom Collins schob mich zur Seite und setzte seinen Weg fort.

»Gib's auf, Mark!« sagte er. »Du wirst mich doch nicht überreden können, meine Pflicht zu vergessen.«

Ich holte ihn ein und faßte ihn bei den Schultern – und ein letztes Mal versuchte ich, ihm seine Absicht auszureden.

»Ich an deiner Stelle würde es nicht mit Gewalt drauf ankommen lassen. Bisher habe ich dich noch immer geschlagen. Du rauchst zuviel, du trinkst zuviel, deine Kondition läßt zu wünschen übrig. Also komm und setz dich hin, trink ein Glas mit mir und laß uns wie vernünftige Menschen miteinander reden.«

Collins riß sich hastig los, trat einen Schritt zurück und griff in die Tasche. Darauf war ich nicht vorbereitet. Und damit bin ich an dem, was weiter geschah, in gewisser Weise mitschuldig. Ich hätte zu diesem Zeitpunkt bereits erkannt haben müssen, daß er auf diese oder eine ähnliche Art reagieren würde. So jedoch durchschaute ich seine Absicht nicht sofort – und als ich begriff, wie weit Collins zu gehen entschlossen war, war es bereits zu spät, um noch etwas verhindern zu können. Tom Collins zielte mit einer kleinen Laserpistole auf mich.

»O nein, Mark«, sagte Tom Collins, »o nein. Du hältst mich nicht auf. Auch wenn du mir drohst: du wirst bekommen, was dir zusteht.«

Die auf mich gerichtete Waffe ließ mich zurückweichen. Mit gläserner Klarheit spürte ich, daß mein Leben an einem seidenen Faden hing. Tom Collins' Augen lauerten auf einen Anlaß, um abzudrücken, während er sich seitwärts auf das Telefon zubewegte.

Als er die linke Hand danach ausstreckte, wobei seine Wachsamkeit für den Bruchteil einer Sekunde nachließ, warf ich die Whiskyflasche nach ihm.

Sie verfehlte ihr Ziel, weil Tom Collins mit einer geschmeidigen Bewegung auswich, trotzdem verschaffte sie mir die Gelegenheit, ihn anzuspringen. Ich bekam seinen Arm mit der Waffe zu fassen und drehte ihn zur Seite. Tom Collins wehrte sich. Er war stärker, als ich ihn seit unserer letzten Rauferei in Erinnerung hatte, oder ich selbst war müde und erschöpft und nicht mehr in guter Form: auf jeden Fall machte er mir zu schaffen. Er trat mit den Knien nach mir und zerrte mit seiner freien linken Hand an meinen Haaren.

Um den Kampf zu einem Ende zu bringen, holte ich mit dem rechten Fuß aus und schlug ihm die Beine unter dem Leib weg. Collins stöhnte auf und wurde plötzlich schlaff. Seine linke Hand ließ mein Haar los, fiel herab auf meine Schulter, verkrampfte sich in den Jackenstoff und öffnete sich wieder.

Als er auf dem Fußboden lag, beförderte ich die Waffe mit einem Fußtritt in eine Ecke.

»Tom«, sagte ich – so sanft, wie es mir in der Erregung möglich war, »mußte es wirklich so weit zwischen uns kommen?«

Tom Collins gab keine Antwort. Er lag auf der Seite und bewegte sich nicht. Anfangs glaubte ich, der Aufprall hätte ihn betäubt. Ich bückte mich und rollte ihn auf die Seite. Seine Augen blickten sonderbar glasig ins Leere. Auf seiner Brust war eine kleine versengte Stelle. Während wir miteinander rangen, hatte er sich selbst erschossen. Auf einmal vergaß ich, was sich soeben zwischen uns ereignet hatte, und Wut und Haß und Erregung klangen ab. Wie er da lag und sich nicht rührte, war er wieder mein Freund – jener Tom Collins, den ich so gut kannte. Ich kniete neben ihm nieder und nahm ihn in die Arme. »Es tut mir leid, Tom«, sagte ich leise. »Es tut mir leid. Das habe ich nicht gewollt.«

Plötzlich verspürte ich an meiner Hand, mit der ich seinen Hinterkopf stützte, einen leichten Schmerz. Ich zog sie zurück: aus meinem Mittelfinger quoll ein dunkler Tropfen Blut.

In dieser Sekunde begriff ich alles.

Ich begriff den eisigen Fanatismus der Soldaten auf Asinara, der mir so unheimlich erschienen war; ich begriff die Bereitschaft Samuel Hirschmanns, des großen alten Mannes, sich in den Dienst des Generals zu stellen; und ich begriff auch, was Tom Collins dazu bewogen hatte, alle seine Überzeugungen preiszugeben und sich schließlich sogar mit der Waffe in der Hand gegen seinen teuersten Freund zu stellen.

Keiner von ihnen war schuldig, keiner ein Verräter. Sie alle waren nur Opfer – bedauernswerte Marionetten einer gewissenlosen Wissenschaft, hilflos und willenlos ihren Peinigern ausgeliefert, die sie nach Belieben lenken konnten.

Aus Tom Collins' Hinterkopf, vom Haar verdeckt und darum nicht zu sehen, von mir nur durch Zufall entdeckt, ragte eine winzige Anode.

Kapitel 15

Wieder muß ich, um meinen Bericht zu vervollständigen, mein eigenes Erleben für eine Weile in den Hintergrund stellen und schildern, was sich andernorts zugetragen hat.

Iwan Stroganow kniete vor dem Bett seines sechsjährigen Sohnes und sprach das Nachtgebet. Das tat er immer – an den wenigen Abenden, an denen er zu Hause war, und mehr noch als er selbst achtete Boris darauf, daß es von dieser Regel keine Abweichungen gab. Der Junge schlief ein, bevor noch das »Amen« gesprochen war.

Stroganow stand auf und blickte auf seinen schlafenden Sohn herab – und wieder, wie so oft an diesem Tag schon – überfielen ihn Zweifel, Unruhe und Sorge, und er fragte sich, ob die Entscheidung, die er getroffen hatte, auch die richtige war.

Noch ahnte Boris nicht, daß er die letzte Nacht in seinem Bett verbrachte und daß er, sobald er erwachte, alles, was er liebte, würde zurücklassen müssen – aus einem Grund, der ihm lange unverständlich bleiben mußte.

Stroganow atmete schwer.

»Was ist?« fragte Mascha, seine Frau, besorgt. »Fehlt dir etwas?«

Stroganow zwang sich zu einem Lächeln. Auch Mascha war ahnungslos. Nun, da er zu ihr zurückgekehrt war, war für sie die Welt wieder in Ordnung. Von dem, was außerhalb ihrer Wohnung geschah, wollte sie nichts sehen und nichts hören.

»Mir fehlt nichts«, sagte Stroganow«, überhaupt nichts.« Auf Zehenspitzen ging er hinüber in das Wohnzimmer. Seine Frau folgte ihm. Behutsam schloß er die Tür.

»Du bist so unruhig heute«, sagte Mascha. »Und immer fängst du an, mir etwas zu sagen – und kommst dann doch nicht damit heraus. Warum *sagst* du nicht endlich, was los ist?«

»Weil«, antwortete Stroganow, während er an das Fenster trat, »es einfach nichts zu sagen gibt, Mascha, Täubchen.«

Draußen auf der Straße war die Situation unverändert. Stroganow hob ein wenig die Schultern. Mit dieser Schwierigkeit hatte er nicht gerechnet.

Seit fünf Stunden versuchte er, seiner Frau verständlich zu machen, was an der Nordmole beschlossen worden war – aber alle seine Andeutungen und Umschreibungen wurden von ihr mißverstanden.

Es war ihm nicht entgangen, daß ein Abhörwagen sich unweit des Hauses postiert hatte und keine Anstalten traf, weiterzufahren. Der Wagen selbst war zwar nicht zu sehen, aber seine Tentakel ragten hinter den Sträuchern hervor. Stroganow mußte auf seine Worte achten.

Mascha schenkte den Tee ein. »Sei jetzt gemütlich, Wanja«, sagte sie – mit einem leisen Vorwurf in der Stimme. »Wir haben uns doch vorgenommen, einen *schönen* Abend miteinander zu verbringen.« Stroganow kehrte vom Fenster zurück.

»Entschuldige«, sagte er. »Ich bin zerstreut.«

Gehorsam nahm er Platz und trank einen Schluck Tee – und dabei fiel ihm die Lösung ein, die so einfach war, daß er sich wundern mußte, nicht schon früher darauf gekommen zu sein. Er stellte die Tasse hin, stand auf, und unter den vorwurfsvollen Blicken seiner Frau holte er Bleistift und Papier.

»Kannst du deine Arbeiten nicht dann erledigen, wenn andere Menschen das auch tun?« fragte Mascha. »Du hast meinen Kuchen noch gar nicht probiert.«

Stroganow legte seine Hand auf die ihre.

»Mascha, Täubchen«, sagte er, »auf der Venus habe ich ein Kleid gesehen – wie für dich entworfen. Es sieht etwa so aus ...

Und mit großen schweren Druckbuchstaben schrieb er auf, was er auf andere Weise nicht mitteilen konnte:

KEIN WORT. WIR WERDEN ÜBERWACHT. MEINEN MORGIGEN ANRUF ABWARTEN. DANN MIT BORIS ZUM GOLFPLATZ NORD KOMMEN. KEIN GEPÄCK. NICHT DARÜBER SPRECHEN.

Er löste den beschriebenen Zettel vom Block, gab ihn seiner Frau zu lesen und steckte ihn dann mit seinem Feuerzeug in Brand.

Mascha sagte: »Das Kleid ist *wirklich* wundervoll, Wanja.«

Etwa um die gleiche Zeit warf Antoine Ibaka einen verzweifelten Blick auf den Hausmeister, der in seiner Wohnung auf seinem Sessel saß, seine Zigaretten rauchte und seine Cocktails trank. Der Hausmeister hatte sich selbst eingeladen. »Man muß doch die Helden der Nation gebührend begrüßen«, hatte er gesagt – und dachte nicht daran, das Feld zu räumen.

Der Hausmeister machte keinen Hehl aus der Tatsache, daß er ein Anhänger der Reinigenden Flamme war.

»Man hat uns verfolgt und in den Untergrund getrieben«, sagte er, »aber wir sind wieder hervorgekommen, und jetzt sind *wir* die Herren.« Und er legte die Füße auf den Tisch und fühlte sich wie zu Hause, als er sein Glas hob: »Auf den General, der uns voranmarschiert!«

Es war eine vertrackte, ausweglose Situation, die jede Aussprache mit Lydia unmöglich machte. Die Anwesenheit des Hausmeisters vereitelte jede Verständigung. Andererseits ließ sich der unerwünschte Besucher nicht einfach vor die Tür setzen, denn das würde bedeuten, sich mit den neuen Machthabern anzulegen. Dabei war es unwichtig, ob der Hausmeister aus eigenem Antrieb gekommen war oder einen höheren Auftrag befolgte: Ibaka war sich darüber klar, daß er sich, so wie die Dinge standen, seine Feindschaft nicht leisten konnte.

Lydia kam herein und sagte: »Die Kinder beklagen sich, weil ihr so laut seid!«

Ibaka leerte das Glas, das er noch immer in der Hand hielt, pflichtschuldig auf das Wohl des Generals und stand auf. Es tat ihm leid, Lydia zu verletzen – aber die Zeit lief ihm davon.

»Als ich ein Kind war«, sagte er, »mußte *ich* Rücksicht nehmen auf die Erwachsenen, nicht umgekehrt.«

»Richtig«, sagte der Hausmeister, »zu viel Rücksicht bei der Erziehung führt zur Verweichlichung!« Anschließend schenkte er sich das Glas voll.

Es kam nicht oft vor, daß Lydia zornig wurde, aber jetzt war sie es – eine zornige schwarze Venus mit funkelnden Augen.

»Ihr seid betrunken«, sagte sie, »alle beide.«

Noch nie in seinem Leben hatte sich Ibaka so nüchtern gefühlt. Die Gelegenheit, Lydia zu verständigen, war gekommen. Sie selbst hatte sie herbeigeführt – und der Hausmeister hatte ihr dabei geholfen.

»Wir sind betrunken«, sagte er, »aber wir sind auch lustig. Und darum werden wir jetzt Musik machen, ob es dir und den Kindern paßt oder nicht.«

»Das werdet ihr nicht!« sagte Lydia.

»Und ob wir das werden!« sagte der Hausmeister. »Sie wissen wohl nicht, was ich jetzt bin? Ich befehle, daß auf der Stelle Musik gemacht wird.«

Ibaka holte aus der Ecke die große alte Buschtrommel hervor und schlug sie prüfend an.

»Damit?« sagte der Hausmeister zweifelnd.

»Damit!« sagte Ibaka. »Sie sollten mal mit nach Afrika kommen. Dort wird noch echte Musik gemacht – anders als hier.«

»Untersteh dich, Antoine!« sagte Lydia. »Du willst es doch wohl nicht auf die Spitze treiben?«

Ibaka spürte, daß sie sich nur noch mühsam beherrschte, und er beeilte sich, das grausame Spiel zu einem Ende zu bringen. Er warf ihr eine Kußhand zu und zwinkerte mit den Augen.

»Schatz«, sagte er, »ich mache dich mit meiner neuesten Komposition bekannt.«

Seine Hände wurden lebendig und begannen die Trommel zu schlagen, während er Lydia unverwandt anblickte – in der Hoffnung, daß sie diese Botschaft verstand. Und sie verstand sie. Er sah es an ihren schönen dunklen Augen, in denen der Zorn plötzlich erlosch. Er lächelte in sich hinein und ließ die gute alte Buschtrommel in stakkatoartigen Rhythmen wiederholen, was er auf andere Weise nicht ausdrücken konnte:

Morgen, wenn mein Anruf kommt, Lydia, Liebling, nimmst du die Kinder und begibst dich mit ihnen zum nördlichen Golfplatz. Dort werde ich euch an Bord nehmen. Falls ich noch nicht da bin, mußt du warten. Bitte, sei vorsichtig, Lydia, Liebling, und nimm es mir nicht übel, wenn ich den Unfreundlichen spiele. Ich hatte keine andere Wahl. Ich liebe dich. Ich liebe dich ...

Der Hausmeister war nun ganz dabei, sich wie zu Hause zu fühlen und bediente sich nach Herzenslust. Ibaka war das plötzlich gleichgültig. Er ließ die Trommel dröhnen.

Kapitel 16

Die Uhr in der flugtechnischen Abfertigung zeigte 9.01 Uhr Metropoliszeit, als Captain Bengasi eintrat, gefolgt von einem Mann mit dunkler Hornbrille, der mir unbekannt war, obwohl ich ihn oder sein Bild schon einmal gesehen haben mußte. Dieser Unbekannte nahm hinter dem Schreibtisch Platz, während Captain Bengasi stehenblieb. Professor Tarnowski, der stellvertretende Direktor, ließ sich nicht blicken, und aus diesem Umstand mußte ich schließen, daß auch er aus dem VEGA–Direktorium ausgeschlossen worden war und sich möglicherweise im Gefängnis befand.

Captain Bengasi sparte sich jedes Wort der Begrüßung und wandte sich sofort an Commander Harris.

»Delta VII wird eine Reihe von Demonstrationsflügen durchführen müssen. Wie viele, wird sich noch zeigen und liegt im Ermessen von Professor Segovia, der Sie begleiten wird. Sehen Sie in ihm zugleich den neuen Direktor.«

Ich warf einen Blick hinüber zum Commander. Sein Gesicht war völlig ausdruckslos, aber mittlerweile wußte ich, daß er auf diese Weise nur seine Empfindungen verbarg. Ich konnte nur hoffen, daß auch ich mir meine Betroffenheit nicht hatte anmerken lassen.

Professor Dr. Juan Segovia, in Madrid geboren, langjähriger Gefolgsmann des Generals, hatte sich vor allem auf dem Gebiet der militärischen Strahlentechnik einen Namen gemacht. Am Raumzwischenfall des Jahres 2062, der dem General – leider nicht gründlich genug – das Genick gebrochen hatte, war er mitbeteiligt gewesen. Das von ihm zum Kampfmittel fortentwickelte Kalte Licht – kurz KL – war damals erstmalig in der Praxis erprobt worden – mit dem Ergebnis, daß über hunderttausend VOR–Soldaten ihr Leben lassen mußten, bevor sie überhaupt begriffen, was die Annäherung der drei fremden Raumschiffe an ihren Stern zu bedeuten hatte. Als General Smith dann als Folge dieser Eigenmächtigkeit den Weg in die Verbannung hatte antreten müssen, war auch Professor Segovia von seinem Posten abgelöst worden und in der Versenkung verschwunden. Teils aus finanziellen, teils aus moralischen Gründen hatte Samuel Hirschmann, der damalige Präsident, das KL von der Liste der Kampfmittel streichen lassen und an seine Stelle eine Politik der Entspannung und Versöhnung mit den VOR gesetzt. Zugleich hatte ihm die damit verbundene Verringerung des Militärbudgets ermöglicht, ein ernährungspolitisch vordringliches Ziel in die Tat umzusetzen: die Bewässerung und landwirtschaftliche Nutzung der Sahara. In Ägypten, Libyen und Tripolis war er damit erfolgreich gewesen.

Die Tatsache, daß Professor Segovia zum Direktor der Abteilung *Testflug und Entwicklung* berufen worden war, ließ deutlich erkennen, daß VEGA aufgehört hatte, eine zivile Institution zu sein und vom General bereits miteinbezogen war in sein Programm der militärischen Stärke. Ohne daß es einer besonderen Aufkündigung bedurfte, war damit auch unser aller Anstellungsvertrag hinfällig, denn sein Paragraph 147 lautete unmißverständlich bündig: *Der Angestellte (Commander, Pilot, Navigator, Bordingenieur) verpflichtet sich mit seiner Unterschrift, den zivilen Status von VEGA in jeder Weise zu wahren und nichts zu tun, was diesem zivilen Status zuwiderläuft.*

Professor Segovia ergriff das Wort – mit einer unpersönlichen, auf sonderbare Art betonungslosen Stimme.

»Worum es bei diesen Demonstrationsflügen geht, Commander, brauche ich Ihnen wohl nicht zu erklären. Ich wünsche einen kompletten Überblick über den Stand der technischen Entwicklung von Delta VII, der mich in die Lage versetzt, die Computer neu zu programmieren. Sie werden zugeben, daß das Bordbuch als Programmierungsunterlage nicht ausreicht.« Professor Segovia warf einen Blick auf die Uhr. »Rechnen Sie damit, daß der erste Flug eine Minimaldauer von drei Tagen haben wird. Es ist jetzt neun Uhr und vier Minuten, der Transporter ist für neun Uhr fünfzehn bestellt, mithin haben Sie elf Minuten Zeit, die erforderlichen Vorbereitungen zu treffen und Ihre Familien zu benachrichtigen.« Die Handbewegung des Professors bedeutete Entlassung. Der Commander neigte ein wenig den Kopf. »In diesem Fall, Professor, werden wir alle Hände voll zu tun haben.«

Commander Harris war im Begriff, von uns gefolgt, den Raum zu verlassen, als Captain Bengasi sagte:

»Auf ein Wort noch, Commander! Das ist noch nicht alles.«

Commander Harris drehte sich noch einmal um. »Captain?«

Captain Bengasi musterte zuerst den Commander, dann auch mich, Ibaka und Stroganow, so wie wir gerade standen, bevor er sagte:

»Ich nehme an, Sie werden für diesen Flug frische Bordverpflegung anfordern. Kalkulieren Sie bei der Aufgabe Ihrer Bestellung, daß außer dem Direktor auch zwei Leute aus meiner Abteilung mitfliegen – *bewaffnet.*«

Mir stockte der Atem. Auf einmal war mir zumute wie einem Fallschirmspringer, der mitten im Fall entdeckt, daß sein Schirm sich nicht öffnen wird, und der dennoch seinen Fall nicht mehr aufhalten kann, abwärtsgerissen von der eigenen Schwere, dazu verurteilt, mit klarem Bewußtsein weiterzustürzen bis zum bitteren Ende. Auf die eine oder andere Art hatten wir alle unseren Absprung getan – ich am Abend zuvor, als Tom Collins tot in meinen Armen gelegen hatte –, und nun gab es kein Zurück mehr. Wir befanden uns im freien Fall – und plötzlich wurde uns eröffnet, daß alles, was Commander Harris und wir anderen so sorgfältig geplant hatten, nicht mehr stimmte. Wir hatten die unbekannte Größe nicht mit in unsere Rechnung einbezogen. Man gab uns keine Eskorte mit, sondern zwei wachsame Geheimpolizisten. Alles war auf einmal in Frage gestellt – aber der Sturz ließ sich nicht mehr bremsen.

Neben mir sagte Commander Harris, als gälte es lediglich eine Wettermeldung zu bestätigen, mit bewundernswertem Gleichmut:

»Ich werde daran denken, Captain.«

Wir verließen das Büro. Ich sah, daß Ibaka und Stroganow besorgte Blicke tauschten, und dachte dabei, um wieviel einfacher es doch wäre, sich einfach geschlagen zu geben und das Unvermeidbare an Ort und Stelle hinter sich zu bringen, als Commander Harris uns schroff antrieb.

»Captain Brandis!«

»Sir.«

»Ihre Uniform ist nachlässig geknöpft. Ich hasse das.«

»Verzeihung, Sir«, sagte ich und brachte meine Jacke in Ordnung.

Commander Harris blickte hoch zur Uhr.

»Fertigmachen zum Anbordgehen, meine Herren. Sie haben zwei Minuten Zeit, Ihre Familien anzurufen, um sich zu verabschieden.«

Stroganow und Ibaka rannten los.

»Captain Brandis«, sagte Commander Harris, »das gilt auch für Sie!«

Nun erst verstand ich ihn. Er hielt, obwohl sein Plan nicht mehr zutraf, an dem Vorhaben fest. Plötzlich schämte ich mich, daß ich soeben noch hatte aufgeben wollen.

»Aye, aye, Sir!« sagte ich und eilte hinter den anderen her.

Stroganow und Ibaka hatten bereits zwei von den Zellen in Beschlag genommen und benachrichtigten ihre Familien. Ich konnte Ibaka lachen hören. Wer immer das Gespräch überwachte, er würde keinen Verdacht schöpfen. Ich winkte Ibaka zu, trat in die benachbarte Zelle und wählte. Ruth mußte auf das Gespräch gewartet haben, denn fast gleichzeitig mit dem Aufleuchten der roten Lampe, die die Herstellung der Verbindung meldete, tauchte Ruths Gesicht auf dem Bildschirm auf.

Ich wartete ab, bis ich sicher sein konnte, daß sie mich erkannt hatte, dann sagte ich: »O Verzeihung, ich muß falsch gewählt haben«, und schaltete ab. Von nun an lag alles Weitere bei ihr – aber da sie klug und intelligent war, durfte ich wohl, was ihren Fluchtbeitrag anging, beruhigt sein.

Bevor ich die Zelle wieder verließ, wählte ich die Nummer einer flüchtigen Bekannten, und als die Verbindung hergestellt war, teilte ich ihr mit, ohne sie selbst überhaupt zu Worte kommen zu lassen, daß aus unserer Verabredung für den Abend leider nichts würde. Sie muß mich für übergeschnappt gehalten haben, aber darüber würde sie sicherlich hinwegkommen, ich aber hatte mein Gespräch mit Ruth weitgehend abgesichert. Beide Nummern unterschieden sich nur geringfügig, und der Abhördienst verfügte nun über eine plausible Erklärung für das erste Gespräch.

Kapitel 17

Nichts unterschied diesen Start von den unzähligen anderen, die bereits hinter mir lagen. Wie üblich gingen Commander Harris und ich die Checkliste durch, danach erbat er über Funk vom Kontrollturm die Freigabe des Starts, während ich die gewohnten Handgriffe tat. Nun, da ich meinen Platz eingenommen hatte, war meine Aufregung verflogen. Ich war völlig ruhig und gefaßt.

Commander Harris' Kommandos kamen knapp und präzise, als gäbe es weder Professor Segovia noch zwei bewaffnete Geheimpolizisten an Bord, und auch Stroganow und Ibaka schienen lediglich in ihren Eigenschaften als Navigator und Bordingenieur zu einem nicht weiter bedeutungsvollen Routineflug zu starten – nicht aber zu einem Flug in die Freiheit.

Professor Segovia und die beiden Aufpasser hatten in der zweiten Sitzreihe Platz genommen. Ich spürte ihre wachsamen Blicke in meinem Rücken.

Ruth, dachte ich, war um diese Zeit bereits auf dem Wege zum nördlichen Golfplatz – und so auch Stroganows und Ibakas Familien. Was immer der Commander zu tun beschlossen hatte, er durfte es nicht auf die lange Bank schieben. Unauffällig blickte ich zu ihm hinüber, aber er ließ sich nichts anmerken.

Delta VII durchstieß die Atmosphäre, und ich erhöhte die Triebwerkleistung auf normale Reisegeschwindigkeit. Anschließend löste ich mich aus meinen Gurten. Nun, da wir uns mit kontinuierlicher Geschwindigkeit fortbewegten, waren sie überflüssig und lästig. Die anderen taten es mir nach.

Im Spiegel konnte ich sehen, daß die beiden Polizisten aufgestanden waren – offenbar, um uns besser unter Kontrolle zu haben. Einer von ihnen stellte sich hinter den Commander, und der andere trat hinter mich und blickte mir über die Schulter.

Professor Segovia brach das Schweigen, »Ich übernehme das Kommando.«

Ich sah den Commander an, um von diesem zu erfahren, wie ich mich verhalten sollte, und er nickte.

»Es ist in Ordnung, Captain. Befolgen Sie die Weisungen des Direktors.«

»Aye, aye, Sir«, sagte ich gepreßt.

»Behalten Sie den gegenwärtigen Kurs bei«, sagte Professor Segovia, »und schalten Sie die automatische Steuerung ein.«

Ich tat, was von mir verlangt wurde, und wartete auf weitere Befehle. Der Polizist, der hinter mir stand, bekam einen Hustenanfall, und sein Atem streifte meinen Nacken.

Ich wandte ein wenig den Kopf und sagte gereizt: Mit Ihrem Husten werden Sie noch den ganzen Kosmos verseuchen.« Der Polizist tat, als hätte er nichts gehört, und fuhr fort, mir über die Schulter zu blicken, obwohl es dort außer den Armaturen, von denen er schwerlich etwas verstand, nichts für ihn zu sehen gab.

Ich spürte, daß es nur noch einer weiteren winzigen Kleinigkeit bedurfte, um mich zu einer unbedachten Handlung zu verleiten, und preßte, wütend über mich selbst, weil ich nicht über das Maß an Selbstbeherrschung wie der Commander verfügte, die Lippen aufeinander.

Noch immer war mir unklar, was der Commander zu tun beschlossen hatte, vor allem jedoch, wie er uns unter den wachsamen Augen und Ohren der Polizisten von seinen Beschlüssen in Kenntnis setzen wollte. Mir fiel lediglich auf, daß er einmal einen kurzen Blick mit Ibaka wechselte, woraufhin unser Bordingenieur vergnügt vor sich hinzupfeifen begann.

Routinemäßig überprüfte ich unsere Höhe über der Erde und schaltete vorübergehend das Landeradar ein.

Metropolis war nur noch ein kleiner silberner Punkt auf einem blauen Teppich. Vielleicht war Ruth bereits am vereinbarten Treffpunkt – während wir uns weiter und weiter davon entfernten, auf einem Kurs, der, wenn wir ihn lange genug beibehielten, uns in das Schwerefeld des Mars bringen mußte.

Die Überrumpelung der Polizisten vollzog sich so schnell, daß ich auf Anhieb kaum begriff, wie es sich zutrug.

Commander Harris räusperte sich geräuschvoll, und Ibaka hörte plötzlich auf zu pfeifen. Dann tat er zwei Dinge unmittelbar hintereinander. Mit der einen Hand drückte er den Alarmknopf, und sofort fühlte ich mich von den gerade erst gelösten Gurten wieder umschlungen und an den Sitz gefesselt, und mit der anderen Hand schaltete er das künstliche Magnetfeld von Delta VII ab.

Spätestens in dieser Sekunde mußten Professor Segovia und die beiden Geheimpolizisten begriffen haben, daß an Bord von Delta VII etwas vorging, was nicht in den Rahmen eines gewöhnlichen Testfluges paßte, doch das Schrillen der Alarmglocken erfüllte seinen Zweck. Es irritierte sie genau so lange, wie Commander Harris brauchte, um mir das Stichwort zu liefern, das die zweite Phase dieses improvisierten Manövers einleitete und den von mir zu leistenden Beitrag markierte.

»Captain Brandis!«

»Sir.«

»Auf volle Leistung gehen.«

Nun erst ging es mir auf, daß wir uns bereits mitten in der Entscheidung befanden. Der Commander, ich, Stroganow, Ibaka – allerdings auch Professor Segovia – waren seit der Auslösung des Alarms automatisch durch Gurte gesichert. Anders die beiden Polizisten, die noch immer hinter uns standen – ahnungslos, daß ihnen kein künstliches Magnetfeld mehr Sicherheit bot, aber bereits mißtrauisch genug, um im nächsten Augenblick gefährlich werden zu können.

Im Spiegel konnte ich sehen, wie Professor Segovia aufzuspringen versuchte und durch die Gurte daran gehindert wurde, während der Polizist hinter mir zur Waffe griff.

»Aye, aye, Sir!« sagte ich und gab übergangslos die volle Leistung des Triebwerkes frei.

Die Wirkung war ungeheuerlich. Eine unsichtbare, unvorstellbare Gewalt warf mich in den Sitz zurück, verschlug mir den Atem und ließ rote Nebel vor meinen Augen kreisen. Eine halbe Minute lang kämpfte ich verbissen gegen mein körperliches Verlangen an, mich vollends der Ohnmacht auszuliefern, einzutauchen in eine mildtätige Dunkelheit und den Dingen einfach ihren Lauf zu lassen.

Was ich getan hatte, widersprach der Betriebsanleitung, die sich auf gewissenhaften Berechnungen aufbaute, und war noch nie erprobt worden. Mit dieser gewalttätigen Beschleunigung überschritt Delta VII die Sicherheitsgrenze – und niemand konnte sagen, ob das Material dieser plötzlichen vervielfachten Beanspruchung gewachsen war.

In dieser halben Minute erhöhte Delta VII die Geschwindigkeit auf das Doppelte, und die Wirkung war genau die gleiche, als hätte man das Schiff aus dem Stand innerhalb von dreißig Sekunden auf normale Reisegeschwindigkeit gebracht.

Endlich spürte ich, daß der Druck nachzulassen begann, und ich bewegte mich ein wenig in den Gurten und atmete tief durch.

Commander Harris sagte: »Gut gemacht, Captain.«

Ich drehte mich so weit nach hinten um, wie es die Gurte zuließen. Es war ein Anblick, der mich zum Lachen reizte.

Professor Segovia saß blaß und benommen in seinem Sitz, noch immer unfähig, sich zu rühren, während die beiden Polizisten sich wie Fische in einem Aquarium benahmen. Halb betäubt, mit hervorquellenden Augen, schwebten sie knapp unterhalb der Kuppel und vollführten matte Schwimmbewegungen.

Professor Segovia schien endlich zu erfassen, was geschehen war, denn seine Lippen bewegten sich.

»Aufhören«, murmelte er, »sofort aufhören! Das ist ein Befehl.« Es war kaum zu verstehen.

Einstweilen schenkten weder der Commander noch ich ihm Beachtung. Mir war schlagartig das Lachen vergangen.

Der Polizist, der vorhin zur Waffe gegriffen hatte, war zu sich gekommen, und seine erste Reaktion war, die Waffe vollends aus dem Futteral zu ziehen. Mit der linken Hand stützte er sich gegen das Kabinendach und brachte damit seinen schwerelosen Körper in eine Position, die es ihm ermöglichte, auf mich anzulegen.

Es war ein kritischer Augenblick. Alles war auf einmal wieder in Frage gestellt.

Ich war versucht, mich zur Seite zu werfen, aber die Gurte hielten mich unbarmherzig fest und machten mich zur wehrlosen Zielscheibe.

Der Polizist kam nicht zum Schießen.

Ibaka schaltete das künstliche Magnetfeld wieder ein. Es wirkte sofort. Die Schwerkraft forderte ihr Recht.

Weder der Polizist mit der Pistole noch der andere hatten Gelegenheit, sich auf den plötzlichen Sturz aus vier Metern Höhe einzustellen. Das Magnetfeld riß sie zu sich herab, wie sie gerade schwebten. Sie schlugen hart auf und regten sich eine Weile lang nicht mehr.

»Das«, sagte Professor Segovia tonlos, »wird Sie teuer zu stehen kommen – sehr teuer!«

Commander Harris drehte sich gemächlich nach ihm um. »Professor«, sagte er liebenswürdig, »Sie übersehen, daß hier oben andere Gesetze herrschen als auf der Erde. Artikel 1 des Bordrechts gibt mir uneingeschränkte Gewalt über das Schiff. Sie werden sich wohl oder übel damit abfinden müssen. Ersparen Sie es mir, in Ihrer Anwesenheit ein Ärgernis zu sehen.«

Professor Segovia sagte kein einziges Wort mehr.

Stroganow hatte sich inzwischen von seinen Gurten befreit. Nun stand er auf und nahm den beiden Polizisten die Waffen ab: automatische weitreichende Laserpistolen.

»Das wär's wohl, Sir«, sagte er in seiner gedehnten, langsamen Sprechweise. »Was fangen wir mit den beiden Kadavern an, Sir? Wenn Sie mich fragen, Sir, dann hätte ich, auch wenn das meinem Gewissen zuwiderläuft, nicht übel Lust, Sie über Bord zu werfen – und den Professor dazu.«

Das war für Stroganow eine lange Rede. Aber Commander Harris war nicht bereit, Stroganow den erbetenen Gefallen zu tun, sondern ordnete an, die beiden Polizisten in den Ruheraum zu schaffen und zu fesseln. Stroganow spuckte in die Hände und machte sich ans Werk. Einen nach dem anderen faßte er die Polizisten an den Beinen und schleifte sie davon – nicht unbedingt auf die sanfteste Art. Professor Segovia saß derweilen mit bleichem Gesicht regungslos in seinem Sitz.

Ich hatte inzwischen das Triebwerk auf normale Reisegeschwindigkeit gedrosselt und die Alarmanlage abgeschaltet.

In der jähen Stille fiel es mir einige Atemzüge lang schwer, zu glauben, daß die Überrumpelung gelungen war. Commander Harris räumte alle Bedenken und Zweifel hinweg.

»Commander an Pilot: Auf Gegenkurs gehen. Landeziel: Metropolis, nördlicher Golfplatz.«

»Aye, aye, Sir«, bestätigte ich – und mit einem neuen Gefühl der Faszination registrierte ich die Leichtigkeit, mit der die 5300 Tonnen im All herumschwangen, als ich ihnen mit leichtem Fingerdruck meinen Willen kundtat. Vielleicht war es noch zu früh, um endgültig aufzuatmen, denn niemand konnte sagen, was uns noch bevorstand. Einstweilen jedoch waren wir frei, und uns zur Verfügung stand das modernste und schnellste Instrument der Raumfahrt, das es im Arsenal der EAAU überhaupt gab.

Kapitel 18

Wie wenig Anlaß zum Triumph bestand, bekamen wir zu spüren, als Delta VII zum Anflug auf Metropolis ansetzte. Es traf uns nicht unvorbereitet, denn seitdem wir den unkontrollierten Raum verlassen hatten, mußten wir damit rechnen; dennoch ließ uns das plötzliche Knistern des Lautsprechers zusammenzucken.

»VEGA an Delta VII: Was bedeutet Ihre vorzeitige Rückkehr?«

Nur eine geringfügige Spur von Beunruhigung lag in dieser Anfrage: Offenbar versuchte man sich auf der Erde erst Gewißheit zu verschaffen, bevor man irgendwelche Maßnahmen einleitete.

Ich versuchte, die Reaktion des Commanders vorauszuahnen – doch nichts hätte ich weniger erwartet als die Gemächlichkeit, mit der er die Sprechtaste drückte.

»Delta VII, Commander Harris, an VEGA: Kein Grund zur Aufregung. Wir führen nur eine Reihe von Tests durch.«

Ich suchte nach Spuren der Aufregung in seinem Gesicht. Unruhe, Spannung, die Erwartung des Ungewissen: alles das, was ich selbst empfand, mußte sich doch auch in seinem Antlitz ausdrücken. Aber nichts dergleichen fand ich vor. Commander Harris war die Ruhe selbst.

Der Lautsprecher blieb eine halbe Minute lang stumm – offenbar, weil man sich in der Bodenstation von VEGA über die Lage nicht ganz schlüssig war, dann jedoch meldete er sich wieder.

»Von Testversuchen in Erdnähe ist hier nichts bekannt. Ich bitte um sofortige Aufklärung.«

Nun erst runzelte Commander Harris ein wenig die Stirn.

»Ich begreife Ihre Anfrage nicht, VEGA. Delta VII steht unter dem Kommando von Direktor Segovia. Sein Befehl lautet unmißverständlich: Überschnelles Eintauchen in die Atmosphäre, um Delta VII auf Reibungshitzeempfindlichkeit – scheußliches Wort – zu testen.«

Ich kontrollierte den Höhenmesser. Er war auf dem Laser–Prinzip aufgebaut und registrierte beim Landeanflug und während des Startvorganges die Höhe über dem Grund. Delta VII näherte sich Metropolis mit gleichbleibender Geschwindigkeit:

80000 –
79000 –
78000 –
77000 –
76000 –

Allmählich wurde es für mich höchste Zeit, die Geschwindigkeit zu drosseln, um nicht wie ein fallender Meteor hineinzustoßen in die Atmosphäre, und den Höhenmesser von den Tausender–Einheiten umzuschalten auf den Nahbereich.

Metropolis zeichnete sich bereits deutlich auf dem Radarschirm ab – doch nicht Metropolis war es, worauf sich in diesen Minuten meine Aufmerksamkeit konzentrierte. Ich wartete gespannt auf die ersten Anzeichen, die mir die Annäherung einer Raumpatrouille verraten hätten.

Einige Sekunden lang war der Lautsprecher stumm geblieben, nun wurde die blecherne Stimme des VEGA–Beamten wieder hörbar.

»VEGA an Delta VII: Zur Überprüfung Ihrer Angaben möchten wir den Direktor sprechen.«

Bis zu diesem Punkt, dachte ich, mochte uns Commander Harris mit seinem eiskalten Bluff die Raumpatrouille vom Leib gehalten haben – nun jedoch hatte er sich selbst in eine Sackgasse manövriert. Im Spiegel sah ich, daß um Professor Segovias Lippen ein dünnes, triumphierendes Lächeln schwebte. Auch er schien zu dem gleichen Schluß gekommen zu sein wie ich.

Doch Commander Harris zögerte nur für den unmerklichen Bruchteil einer Sekunde, bevor er antwortete: »Verstanden, VEGA. Der Direktor hat sich vor einer Weile in den Ruheraum zurückgezogen. Ich lasse ihn holen. Bleiben Sie auf Empfang.«

Ich verstand nicht, was er sich von diesem geringfügigen Aufschub versprach, bis er sich umwandte.

»Lieutenant Ibaka!«

»Sir«, sagte Ibaka neben mir.

»Lieutenant Ibaka«, sagte Commander Harris, »ich habe einen Sonderauftrag für Sie. Wenn Sie noch einen Schuß afrikanischen Kriegerbluts in den Adern haben, mein Sohn, dann machen Sie dem Direktor jetzt klar, was ihm von Ihrer Seite blüht, wenn er meine Angaben nicht im Handumdrehen voll und ganz bestätigt.«

Ibaka ließ seine weißen Zähne aufblitzen – und auf einmal wirkte er auf mich so wild und gefährlich wie ein Panther im Dschungel.

»Sir«, sagte er, »dieses Vergnügen würde uns alle einen hohen Preis kosten – aber ich würde es mir nicht entgehen lassen.«

VEGA meldete sich – ungeduldig und ungehalten. »VEGA an Delta VII: Wo bleibt der Direktor?«

Commander Harris lächelte freundlich, als er die Sprechtaste drückte.

»Der Direktor ist soeben im Cockpit eingetroffen. Ich übergebe.«

Ibaka stand hinter Professor Segovia und schob ihn vor sich her. Mir fiel auf, daß der Professor längst nicht mehr so selbstsicher aussah wie kurz zuvor; seine Augen blickten jetzt unruhig, und seine Hände zitterten. Commander Harris nickte zufrieden und drückte die Taste. Ibaka schnalzte mit der Zunge – und Professor Segovia beugte sich gehorsam über das Mikrofon.

»Direktor Segovia an VEGA: Wie Commander Harris Ihnen gerade mitteilte, habe ich das Testprogramm kurzfristig abgeändert. Offenbar hätte ich Sie davon in Kenntnis setzen sollen.«

Das mochte die mißtrauisch gewordene VEGA-Bodenstation für eine Weile beruhigen – für wie lange freilich, wußte allein der Himmel. Einstweilen gab sich VEGA zufrieden.

»In Ordnung, Sir. Wie kommen Sie mit der Besatzung zurecht?«

Professor Segovia zögerte, und Ibaka stieß ihm von hinten den Zeigefinger zwischen die Rippen.

»Gut«, sagte Professor Segovia, »sehr gut. Alles verläuft planmäßig.«

»Dann weiterhin viel Erfolg, Sir. Ende.«

Professor Segovia trat vom Mikrofon zurück. Er nahm die dunkle Hornbrille ab und wischte sich den Schweiß von der Stirn. Nun, da er sich nicht mehr unmittelbar bedroht fühlte, wurde er wieder mutiger.

»Sie glauben doch nicht«, sagte er, »daß Sie auf die Dauer damit durchkommen, Commander?«

Commander Harris streifte ihn mit einem leeren Blick. »Professor«, antwortete er, »Sie sollten längst begriffen haben, daß auf dieser Welt nichts von Dauer ist. Trotzdem denkt und plant der Mensch, solange er lebt. Das ist nun einmal seine Bestimmung.« Er nickte. »Sie dürfen sich wieder setzen, Professor.«

Ibaka schnalzte ein weiteres Mal mit der Zunge, und Professor Segovia kehrte widerspruchslos zu seinem Platz zurück.

Durch das Cockpitfenster konnte ich in der Bläue des Ozeans die künstliche Insel Metropolis sehen. Ich schaltete den Höhenmesser um und nahm die Leistung des Triebwerks zurück.

»Pilot an Commander«, meldete ich: »Ich setze zur Landung an, Sir.«

Kapitel 19

In Augenblicken höchster Gefahr vergißt man glücklicherweise, daß man nichts als ein angsterfüllter, sterblicher Mensch ist, und handelt mit einem Maß an eiskalter Überlegung, über das man im Normalfall nicht verfügt. Angst verspürt man im allgemeinen vorher, wenn man das Unabwendbare auf sich zukommen sieht, und hinterher, wenn man vom sicheren Ort zurückblickt. Wohl darum gelang mir eine sichere Landung, auf den Quadratmeter genau.

Unmittelbar nachdem Delta VII auf dem Golfplatz aufgesetzt hatte, schaltete ich das Triebwerk ab.

»Pilot an Commander«, meldete ich: »Delta VII planmäßig gelandet. Alle Kontakte unterbrochen.«

»Danke, Captain«, sagte Commander Harris. »Lieutenant Ibaka, fahren Sie bitte die Schleuse auf!«

»Aye, aye, Sir«, sagte Ibaka und fuhr die Schleuse auf.

Zunächst herrschte friedliche Stille auf dem Golfplatz. Die Parkanlagen, die ihn säumten, standen in voller Blüte, und in der geheimnisvollen grünen Dämmerung der Büsche und Sträucher leuchteten rot und verheißungsvoll die Orchideen. Nun, da die Schleuse aufgefahren war, konnte man das Gezwitscher der unzähligen Vögel hören, die den Park bevölkerten. Ein paar Golfspieler hatten, starr vor Schrecken, das Spiel unterbrochen und blickten fassungslos zu uns herüber.

Aber dieser Frieden war im höchsten Maße trügerisch. Mittlerweile mußte man bei VEGA die Wahrheit erkannt und daraufhin Alarm gegeben haben. Es war lediglich eine Frage der Zeit, bis die Taurus-Kampfschiffe am Himmel auftauchen würden, um Delta VII den Fluchtweg abzuschneiden.

Zwei Frauen und drei Kinder kamen aus dem Gebüsch hervor und begannen auf Delta VII zuzurennen.

Eines der Kinder strauchelte und fiel hin, und eine der Frauen – es war Lydia Ibaka, ich erkannte sie an der dunklen Hautfarbe – machte kehrt, stellte das Kind wieder auf die Füße und rannte mit ihm, Hand in Hand, weiter.

Ich verließ meinen Sitz und warf einen Blick durch das andere Cockpitfenster. Von Ruth war nichts zu sehen. Commander Harris bemerkte: »Wir starten, sobald diese Leute an Bord sind, Captain. Auf Nachzügler können wir nicht warten.«

»Sir«, sagte ich, »es kann ...«

Der Commander ließ mich nicht ausreden.

»Lieutenant Stroganow«, unterbrach er. »Schaffen Sie mir bitte diese Polizisten und den Professor aus dem Schiff – aber mit ein bißchen Beeilung!«

»Aye, aye, Sir«, sagte Stroganow und entschwand in den Ruheraum.

Wieder wollte ich etwas sagen, und wieder kam mir der Commander zuvor.

»Lieutenant Ibaka, Sie halten sich bereit, den Frauen und Kindern beim Einsteigen zu helfen.«

»Aye, aye, Sir«, sagte auch Ibaka und begab sich in die Schleuse.

Commander Harris drehte sich abrupt zu mir um.

»Eine Frage, Captain. Wenn Sie jetzt an meiner Stelle ständen: Welchen Befehl würden Sie gleich geben?«

Er sah mir dabei gerade in die Augen.

Ich senkte den Blick. »Sir«, sagte ich matt, »Sie haben recht.«

Trotzdem konnte ich nicht aufhören, an Ruth zu denken und mir verzweifelt darüber den Kopf zu zerbrechen, weshalb sie nicht gekommen war. Hatte sie es sich anders überlegt? War sie aufgehalten worden? Hatte man sie vielleicht sogar schon verhaftet? Nur eins stand unerbittlich fest: Sie war nicht zur Stelle, und unsere Frist lief ab. Stroganow erschien mit dem Professor und den beiden Polizisten. Um ganz sicher zu gehen, hielt er sie mit einer der Pistolen, die er ihnen abgenommen hatte, in Schach. Professor Segovia sagte zum Commander: »An diesen Tag werden Sie noch zurückdenken. Unser Arm ist länger, als Sie glauben.«

Commander Harris erwiderte kühl: »Ich glaube nicht, daß Sie persönlich sonderlich Grund hätten, sich zu beklagen, Professor.«

Dann verließen der Professor und die beiden Polizisten, von Stroganow zur Eile angetrieben, das Schiff.

Auf dem Schirm des Raumüberwachungsradars zeichneten sich die ersten hellen Lichtpunkte ab. VEGA hatte eine Raumpatrouille herbeigerufen, und nun formierte sich diese zum Angriff. Noch war sie zu weit entfernt, um uns gefährlich werden zu können, aber sie befand sich im Anflug, und wir waren noch nicht einmal gestartet. Die Frauen und Kinder waren unterhalb der Schleuse angelangt, und ich konnte ihre keuchenden Atemzüge hören, als sie sich von Ibaka an Bord helfen ließen.

»Lieutenant Stroganow«, sagte Commander Harris, »weisen Sie den Leuten ihre Plätze an und sorgen Sie dafür, daß sie sich anschnallen!«

»Aye, aye, Sir«, sagte Stroganow, der sich schon bereithielt. »Ich habe daran gedacht, die Kinder im Ruheraum unterzubringen.«

Im Cockpit gab es auf einmal ein planloses Gedränge, als die Kinder die vielen Instrumente entdeckten, aber Stroganows gebieterische Stimme stellte die Ordnung im Handumdrehen wieder her.

Die Golfspieler standen noch immer wie versteinert. Die Vögel in den Büschen zwitscherten aufgeregt. Von Ruth war nichts zu sehen.

»Ich gebe Ihrer Freundin noch zehn Sekunden, Captain.« Commander Harris war neben mich getreten und studierte die Radaranzeige. »Das ist schon mehr, als ich verantworten kann.«

»Danke, Sir«, sagte ich.

Commander Harris hatte sich bereits abgewandt.

»Lieutenant Ibaka, sind Sie bereit, die Schleuse zu schließen?«

»Jawohl, Sir.«

»Warten Sie noch meinen Befehl ab!«

»Aye, aye, Sir.«

Drei Sekunden vergingen, vier Sekunden, fünf Sekunden. Meine Augen suchten verzweifelt den Golfplatz ab. Ich konnte es nicht fassen, daß Ruth nicht gekommen war. Was hatte sie aufgehalten?

»Noch drei Sekunden, Captain«, sagte Commander Harris.

Noch bevor er das ausgesprochen hatte, begannen sich die Büsche, die den Golfplatz säumten, zu bewegen, und gleich darauf brachen aus ihnen, silbrig glänzend, die ersten Laser–Batterien hervor.

»Sir!« sagte ich.

Commander Harris‘ beherrschte Stimme übertönte meinen Ausruf.

»Lieutenant Ibaka – Schleuse schließen!«

»Aye, aye, Sir!«

»Captain Brandis – Alarmstart!«

»Aye, aye, Sir!«

Ich ließ mich in meinen Sitz fallen, drückte den Alarmknopf und zündete das Triebwerk. Delta VII, im Kampf mit der Schwerkraft, begann unruhig zu rütteln und zu stoßen. Drüben bei den Laser–Batterien blitzte es plötzlich auf, und Hagelkörner schienen auf einmal gegen den Schiffsrumpf zu schlagen. Das Feuer der Laser–Batterien lag zu tief und traf lediglich die unverwundbaren Partien von Delta VII. Ich brachte das Triebwerk auf Leistung.

Und da, im Moment des Abhebens, für ein Hundertstel einer Sekunde, bevor es mich in meinen Sitz zurückwarf, sah ich Ruth.

Kapitel 20

Die folgenden Tage waren für mich von einer sonderbaren Leere geprägt. Unzählige Male redete ich mir ein, daß Ruth nicht mehr zu helfen gewesen war und daß weder den Commander noch mich eine Schuld traf, aber ihr Bild – diese kaum wahrnehmbare Momentaufnahme – hatte sich mir eingeprägt, und die Erinnerung daran ließ mich meines Lebens nicht mehr froh werden. Früher hatte ich dann und wann ein Glas Whisky getrunken, zur Entspannung, zu Geselligkeit, nun jedoch trank ich mehr, als mir guttat. Ich schüttete gläserweise Alkohol in mich hinein, ohne daß dieser jedoch die einzige mildtätige Wirkung tat, die ich von ihm erhoffte: mir Vergessen zu schenken.

Von dem Zwischenfall auf dem Golfplatz abgesehen, hatten wir mit Delta VII eine Flucht wie im Bilderbuch hinter uns gebracht, unbehelligt von der Raumpatrouille, die wir mit unserer weit überlegenen Geschwindigkeit geschickt ausmanövriert und dann für immer hinter uns gelassen hatten.

Auf der Venus waren wir zunächst verhört, dann jedoch ohne weitere Formalitäten aufgenommen worden. Die VEGA–Vertretung übernahm bis auf weiteres die Kosten unserer Unterbringung im Hotel.

Drei Tage nach unserer Ankunft wurden wir erneut zu einer Unterhaltung mit einigen Beamten des Sicherheitsdienstes gebeten, doch es war weniger ein Verhör als ein in freundschaftlichem Ton geführtes Gespräch, bei dem es im wesentlichen darum ging, alle unsere Erfahrungen mit dem System der Reinigenden Flamme kundzutun. Auch Kleinigkeiten, die uns selbst vielleicht unwichtig erschienen, seien, im Zusammenhang mit anderen Erfahrungen gesehen, unter Umständen von Bedeutung, sagten die Beamten des Sicherheitsdienstes. Ich war während dieser Unterredung ziemlich betrunken, ohne daß es mir anzumerken war.

Die meiste Zeit verbrachte ich in irgendwelchen Bars; im Hotelzimmer war ich zu sehr mit meinen Gedanken allein. Ibaka und Stroganow versuchten mich aufzuheitern, doch ihr glückliches Familienleben ließ mich meinen Verlust nur noch schmerzlicher empfinden, und darum wich ich ihnen nach Möglichkeit aus. Dann und wann fuhr ich hinaus zur VEGA–Vertretung – in der Hoffnung, wieder eine sinnvolle Tätigkeit zu finden, aber vorerst gab es nichts für mich zu tun. Ein Angebot, als Pilot zur Strategischen Raumflotte zu gehen, lehnte ich ab. Ich hatte die Diktatur des Generals nicht hinter mir gelassen, um nun doch noch Soldat zu werden.

Wäre der Gedanke an Ruth nicht gewesen, so hätte ich sicherlich die Erinnerung an die Tage, die ich in Metropolis verbracht hatte, rasch verdrängt. Das Leben auf der Venus ging seinen gewohnten Gang – und über die Vorgänge auf der Erde erfuhr man lediglich in den Nachrichten. Die anfängliche Aufregung hatte sich gelegt, und von der erhöhten Alarmbereitschaft der Strategischen Raumflotte, die unverändert weiterbestand, bekam man in den *Towns* kaum etwas zu spüren.

Das Erstaunliche war, daß ich jegliches Interesse an den politischen Ereignissen verloren hatte. Ich wollte nichts davon sehen und nichts davon hören und lediglich in Ruhe gelassen werden. Als eine Woche vergangen war, bekam ich ein neues Stellenangebot – diesmal als Commander eines Frachtschiffes, das im monatlichen Rhythmus die verschiedenen Satellitenstationen mit Proviant und Zubehör versorgte, und ohne weiteres Überlegen nahm ich an.

Damals ahnte ich noch nicht, daß aus dieser Arbeit nichts werden würde, weil inzwischen Entscheidungen gefallen waren, die mich, ohne daß ich gefragt worden war, mit einbezogen.

Doch um das zu verdeutlichen, muß ich meinen persönlichen Erlebnisbericht erneut unterbrechen.

Kapitel 21

Pieter de Hough, Gouverneur der *halbautonomen außerirdischen Provinz Venus*, blickte nachdenklich auf die Flagge der EAAU – auf weißem Grund ein Ring goldener Planeten um drei kleeblattartig angeordnete grüne Kontinente –, die über seinem Schreibtisch hing, bevor er seinen unruhigen Spaziergang in seinem Amtszimmer wieder aufnahm: ein müde und übernächtigt wirkender Sechziger mit einem steifen linken Bein: Erinnerung an ein auf ihn vor langer Zeit verübtes Attentat.

»Wir wollen uns nichts vormachen, mein lieber Repin. Früher oder später wird der General seine Hand auch nach der Venus ausstrecken.«

Alexander Repin, Vorsitzender des *Rats für innere und äußere Sicherheit*, starrte unschlüssig auf die Akte, die er vor sich auf dem Tisch liegen hatte.

»Es kommt darauf an, Sir«, sagte er langsam, »wieviel Widerstand wir ihm entgegensetzen können.«

Der Gouverneur blieb, leicht vornübergeneigt, stehen. »Das ist es, worüber wir uns jetzt klarwerden müssen. Wenn es uns gelingt, genügend Abwehrbereitschaft zu zeigen, mag es sein, daß der General uns in Ruhe läßt. Falls unsere Agentenmeldungen zutreffen, so haben die VOR die Machtergreifung durch den General mit einer geheimen Mobilmachung beantwortet. Das gibt uns einen gewissen Rückhalt. Einen Zweifrontenkrieg wird der General sich vorerst nicht leisten können.«

Repins feingliedrige Finger spielten mit einem Bleistift. »Der General ist, was die Mobilmachung angeht, im Bilde. Ich selbst habe ihm die Informationen zugespielt – für den Fall, daß sie ihm noch nicht bekannt waren.«

»Gut.« Der Gouverneur nickte. »Das ist sehr gut. Einstweilen wird ihn das bremsen. Aber damit ist die

Frage noch nicht beantwortet: Wie steht es um unsere Verteidigungsbereitschaft? Sind wir in der Lage, eine militärische Aktion des Generals abzuwehren?«

»Das kommt darauf an, Sir. Wenn der General aus Rücksicht auf die Mobilmachung in den VOR nur einen Teil seiner Streitkräfte gegen uns einsetzt und wenn weiterhin Colonel Larriand auch in Zukunft treu und ergeben bleibt, dann ist unsere Raumflotte ein ernstzunehmender Faktor. Andernfalls ...«

Was Repin mit *andernfalls* sagen wollte, demonstrierte er, indem er den Bleistift zerbrach.

»Nun«, sagte der Gouverneur, »das ist deutlich genug, und es bestärkt mich in meiner Ansicht, daß wir uns auf militärische Stärke allein nicht verlassen können. Ich will damit sagen: Wenn wir uns auf die Dauer gegen den General behaupten wollen, müssen wir ein politisches Gegengewicht schaffen.«

»Indem wir unsere Unabhängigkeit erklären, Sir?«

»Das allein«, sagte der Gouverneur, »wäre nicht genug. Was wir brauchen, ist ein Symbol, eine Gegenregierung, um die sich nach und nach alle Menschen sammeln können, die mit dem System des Generals nicht einverstanden sind. Nur so dürfte es uns möglich sein, jene geistige Unruhe im Machtbereich des Generals hervorzurufen, die ihm letzten Endes die Hände binden wird. Ich selbst – Sie brauchen mir nicht zu widersprechen, mein lieber Repin, für Komplimente ist jetzt keine Zeit – bin dafür nicht der geeignete Mann.«

»Und an wen, Sir, haben Sie gedacht?«

»An eben jenen Mann«, sagte der Gouverneur, »der auch für den General von so unschätzbarem Wert ist, weil er für alle Menschen gleich glaubwürdig und überzeugend ist: ich meine Präsident Hirschmann.«

Alexander Repin schüttelte zweifelnd den Kopf. »Hirschmann, Sir, hat sich unglaubwürdig gemacht.«

»Er wird seine Rede widerrufen. Er wird schildern, mit welchen Mitteln man ihn dazu gebracht hat. Er wird, selbst ein Opfer, die Unmenschlichkeit des Systems bloßstellen.« Der Gouverneur nahm seinen Rundgang wieder auf. »Übrigens, von wem stammt diese Anoden–Theorie? Ich habe Sie um den Vorgang gebeten.«

»Wir haben alle Unterlagen, Sir.« Alexander Repin schlug die Akte auf. »Der Name des Mannes ist Mark Brandis. Er ist einer von den VEGA–Testpiloten, die mit Delta VII zu uns geflüchtet sind.«

»Hat er Beweise dafür?«

»Nicht direkt, Sir. Er geht vom Fall des Fernsehmoderators Tom Collins aus. Daß Collins manipuliert war, hat Brandis uns mit Fotos belegt. Die Anode im Hinterkopf des Toten ist auf diesen Fotos deutlich zu sehen.«

Der Gouverneur blieb stehen.

»Haben Sie diese Theorie von unseren Medizinern überprüfen lassen?«

»Das ist geschehen, Sir.«

»Mit welchem Ergebnis?«

»Die Theorie wurde bestätigt, Sir. Eine Willensumpolung des Menschen durch entsprechende Funksignale ist durchaus möglich. Wenn Sie sich erinnern, Sir: Man hat vor einiger Zeit mit Tieren ähnlich gelagerte Versuche angestellt, bis Präsident Hirschmann die Weiterführung der Experimente verbot.«

Der Gouverneur setzte sich. »Wir brauchen ihn, Repin. Wir brauchen ihn schon allein aus dem Grund, weil er, wenn diese Theorie zutrifft, in der Hand dieses wahnsinnigen Generals ein ungeheures moralisches Kapital darstellt. Weiß man, wo er gefangen gehalten wird?«

»Wir haben ein paar Anhaltspunkte, Sir. Agentenberichte. Daraus geht hervor, daß der General in der Sahara ein Lager für prominente Häftlinge errichten ließ. Wir verfügen über ein Satelliten–Foto dieses Lagers.« Repin legte das Foto auf den Tisch. »Die Einzelheiten ersehen Sie selbst daraus, Sir.«

Der Gouverneur warf einen kurzen Blick auf das Foto und sah wieder auf.

»Ich bin auf diesem Gebiet kein Fachmann, Repin. Wie beurteilen Sie die Chancen, ihn da rauszuholen?«

»Gleich null«, sagte Repin. »Das Gelände ist hermetisch abgeriegelt, wird von diversen Radar- und Laserstationen dauernd überwacht und ist zudem von einer zehntausend Mann starken Sondereinheit der Dritten Abteilung umgeben – die eigentliche Kerntruppe, die Lagermannschaft, nicht mitgerechnet.«

Der Gouverneur senkte den Kopf. »Also aussichtslos, Repin?«

»Aussichtslos.« Repin machte eine kleine Pause. »Es sei denn, Sir, jemand ist verrückt genug, einen Befreiungsversuch aus der Luft zu starten.«

Der Gouverneur blickte mit wieder erwachender Lebhaftigkeit auf.

Der Vorsitzende des *Rats für innere und äußere Sicherheit* hob langsam die Schultern.

»Das kann niemand vorhersagen, Sir. Aber wenn wir einmal davon ausgehen, daß die Strategische Raumflotte des Generals in den nächsten Tagen von den VOR in Atem gehalten werden wird, und wenn wir ferner voraussetzen, daß wir über ein geeignetes schnelles Raumschiff verfügen, dann« – Repins schlanke weiße Hand zuckte durch die Luft – »käme es auf den Versuch an.«

Gouverneur de Hough blieb eine Weile stumm. Er griff nach dem Foto – aber das war mehr ein Vorwand, um seine Erregung zu tarnen. Schließlich fragte er: »Würde Colonel Larriand eines seiner Kampfschiffe für diese Aufgabe abkommandieren?«

Repin schüttelte den Kopf.

»Dem Colonel dürfen wir damit nicht kommen, Sir. Das hier ist Geheimdienstarbeit – und dafür hat er nichts übrig. Außerdem, Sir, sind seine Kampfschiffe für diesen Zweck zu langsam. Es gibt zur Zeit in der ganzen EAAU überhaupt nur ein Raumschiff, das für einen solchen Handstreich in Frage käme, und das befindet sich hier bei uns, Sir. Ich meine Delta VII.«

Kapitel 22

Als Commander Harris uns eröffnet hatte, was man sich von uns erhoffte, herrschte eine Weile lang betretenes Schweigen. Die Beamten des Sicherheitsdienstes hatten uns im Sitzungssaal allein gelassen – zusammen mit dem drei mal vier Quadratmeter großen Satellitenfoto, auf dem das Lager und seine Umgebung zu erkennen waren. Das Foto war, obwohl auf das Hundertfache vergrößert, gestochen scharf und zeigte alle wesentlichen Einzelheiten: Den Lagerkomplex mit einer Anzahl bunkerähnlicher Gebäude – eines davon mit einer Vielzahl von Antennen bestückt – mitten im fahlen Gelb der an dieser Stelle völlig ebenen Wüste, einen aufgefahrenen Pulk Laser–Batterien, eine Kompanie schwarzgekleideter Soldaten mit weißen Totenköpfen auf der Brust beim Exerzieren, eine große Zahl motorisierter Patrouillen im Gelände – beim flüchtigen Zählen war ich auf einhundertunddrei gekommen – und den Kordon der Überwachungsgeräte, der das ganze Areal umschloß.

Mit brutaler Deutlichkeit belegte dieses Foto, daß jeder Versuch, sich dem Lager – gleich wie – zu nähern, die selbstmörderische Tat eines Wahnsinnigen darstellte.

»Sir«, sagte Stroganow schließlich, »ich weiß nicht, wie ich Ihnen das klarmachen soll: Aber was hier von uns erwartet wird, hat mit unserer Arbeit bei der VEGA herzlich wenig zu tun.«

Commander Harris neigte zustimmend den Kopf.

»Darum, Lieutenant, liegt es auch in Ihrem freien Ermessen, ob Sie sich an diesem Unternehmen beteiligen oder nicht. Ich für meinen Teil habe mich bereits zur Verfügung gestellt – aber das sage ich nicht, um Sie zu beeinflussen.«

Stroganow hob mit einer hilflosen Bewegung die Schultern.

»Es ist nicht, weil ich etwas gegen Sie hätte, Sir, bestimmt nicht, und auch nicht, weil ich mich abseits stellen will, aber das ist etwas für Leute, die dafür bezahlt werden. Ich bin in erster Linie für meine Familie zuständig.«

Captain Harris griff in die Tasche, holte eine Pfeife hervor und einen Tabakbeutel und begann die Pfeife zu stopfen. Er tat es mit langsamen, gemessenen Bewegungen, wie das nun einmal seine Art war. Erst als die Pfeife zu seiner Zufriedenheit brannte, bemerkte er:

»Wenn ich Sie soeben recht verstanden habe, Lieutenant, so haben Sie mir einen Korb erteilt. Nun, ich kann es Ihnen nicht verübeln. Ich an Ihrer Stelle hätte mich wahrscheinlich auch für die Familie entschieden.«

Stroganow atmete hörbar auf.

»Sir«, sagte er, »es freut mich ehrlich, daß Sie mir nichts nachtragen.« Er setzte sich mit hochrotem Kopf.

Commander Harris' Pfeifenstiel zielte an mir vorüber auf Ibaka.

»Mit der Annahme, daß Sie, Lieutenant Ibaka, zu der gleichen Überzeugung gekommen sind wie ich, gehe ich wohl nicht fehl. Und da meine Überzeugung die ist, daß dieses Unternehmen zu neunundneunzig Prozent mit einem Fiasko enden muß, habe ich volles Verständnis dafür, wenn Sie sich den Argumenten Ihres Kollegen Stroganow anschließen.

Ibaka gab keine Antwort. Er blickte mit fahlem, konzentriertem Gesicht vor sich hin – und erst als ich ein wenig den Kopf wandte, merkte ich, daß sein Blick auf das Foto gerichtet war: auf diesen unwiderlegbaren Beweis des Unmöglichen. Alles zwischen ihm und diesem Foto schien ausgelöscht zu sein: der Raum, die Zeit, unsere Anwesenheit. Er und das Foto hielten Zwiesprache. In den Laser–Batterien spiegelte sich grell die Sonne.

Als Ibaka sich endlich abwandte, bestand für mich kein Zweifel, daß er das gleiche empfand wie ich: kaltes, nacktes Grauen vor dieser Perfektion des Todes und der Unmenschlichkeit.

»Sir«, sagte er, »auch ich bin Familienvater. Ich habe soeben darüber nachgedacht, wie das wäre, wenn auch meine Kinder eines Tages in einem solchen Lager enden müßten. Und danach habe ich mir die Frage vorgelegt: Wer in erster Linie ist dafür verantwortlich, daß ihnen ein solches Schicksal erspart bleibt? Und dabei bin ich auf mich gekommen. Sie haben meine Zusage, Sir.«

Commander Harris sagte: »Ich würde Ihnen raten, Ihren Entschluß noch einmal zu überdenken, Lieutenant.«

Ibaka schüttelte langsam den Kopf. »Nein, Sir. Da gibt es nichts mehr zu überdenken.«

Die ganze Zeit über hatte ich mich gefragt, mit welchen Worten ich Commander Harris meine Ablehnung erläutern sollte, doch nun, da ich als letzter der Crew mich vor die Wahl gestellt sah, waren alle meine Argumente dahin. Ich sagte:

»Lieutenant Ibakas Grundsatz in Ehren, Sir, aber Tatsache bleibt, daß er sich damit allenfalls seinen Nachruf einhandelt. Was mich anbetrifft, Sir: Ich habe nicht mein Leben riskiert, um es jetzt ein zweites Mal aufs Spiel zu setzen. Das, Sir, ist mein unwiderruflicher Entschluß.«

Commander Harris zog drei–, viermal an seiner Pfeife, wobei er mich nicht aus den Augen ließ.

»Captain«, sagte er dann, »ich will Sie zu nichts überreden. Ich will Ihnen lediglich erklären, warum ich mich bereitgefunden habe, diesen Auftrag anzunehmen, obwohl mich niemand dazu zwingt. Die ganze Erklärung, Captain, besteht in einer einzigen Überzeugung: Es wird uns Menschen nichts geschenkt, nicht einmal die Freiheit.« Er blickte mir ruhig und zuversichtlich in die Augen. »Nun, ich bin sicher, daß Sie, Captain, ein zumindest ebenso stichhaltiges Argument haben, um mich zu widerlegen.«

In diesem Augenblick war mir Commander Harris verhaßt wie nie zuvor. Mit einem einzigen Satz hatte er mich so weit gebracht, daß ich mich schämte, und das schlimmste war: Er wußte genau, daß ich ihm im geheimen recht gab, sosehr ich mich auch dagegen sträubte. Seine pedantische Rechtschaffenheit ließ mich hochgehen.

»Sir«, sagte ich wütend, »wir wollen eins unmißverständlich klarstellen: Wenn es darum ginge, nach Metropolis zurückzukehren, um Ruth O'Hara aus dem Gefängnis zu holen, in dem sie sich zu dieser Zeit bestimmt befindet, wenn Sie mir einen solchen Vorschlag unterbreitet hätten, dann Sir, wäre ich bereits unterwegs. Doch für Ruth O'Hara interessiert sich kein Mensch, ihr Schicksal hat auf die Politik nicht den geringsten Einfluß. Ich habe mich damit abgefunden, Sir. Aber ich denke auch nicht daran, für irgendwelche abstrakten Ideale zu sterben. Mit anderen Worten, Sir: Auf mich können Sie nicht zählen. Ich passe.«

Commander Harris nickte mir ungerührt zu.

»Nun, Captain, ich muß Ihre Entscheidung wohl oder übel anerkennen und mich nach einem anderen Piloten umsehen.« Er warf einen Blick auf die Uhr. »Das war schon alles, meine Herren.«

An diesem Tag suchte ich Zuflucht beim Alkohol, diesmal noch aus einem andern Grund: Ich versuchte, mein schlechtes Gewissen zu betäuben.

Kapitel 23

Wenn man auf sein Leben zurückblickt, fällt es einem oft schwer, zu ergründen, wann und unter welchen Umständen man sich zu diesem oder jenem entschlossen hat. Allen wichtigen Entscheidungen geht meist ein langwieriger Vorbereitungsprozeß voraus, der sich im Unterbewußten abspielt, und die Entscheidung selbst ist dann nur noch ein konsequenter Schlußpunkt.

So kann auch ich nicht sagen, wann und unter welchen Umständen ich mich entschloß, meine Haltung zu ändern, sondern lediglich, wann ich den Schlußpunkt setzte und meinen zukünftigen Arbeitgebern telefonisch mitteilte, daß ich an einer Anstellung als Commander vorerst nicht interessiert wäre. Das geschah in irgendeiner Bar am frühen Abend, und zu diesem Zeitpunkt hatte ich genug Alkohol in mich hineingeschüttet, um stinkbetrunken zu sein, aber in Wirklichkeit hatte ich damit lediglich erreicht, daß ich mir selbst zuwider war.

Ein altes Wort war mir unvermittelt eingefallen – aus einem der längst vergilbten Bücher, die über meinen Großvater und meinen Vater in meinen Besitz geraten waren. Ruth hatte es sich einmal ausgeliehen, und als sie mir es zurückgab, war ein Satz darin angestrichen: *Woran du glaubst, dafür sollst du leben und sterben*, und irgendwie – ohne, daß ich genau wußte warum – bestürzte mich die Erkenntnis, wie unverändert gültig dieses Wort, das vor über hundert Jahren in irgendeinem der vielen Bürgerkriege jener Zeit von irgend jemand, an dessen Namen sich keiner mehr erinnerte, gesprochen wurde, noch immer war.

Die Erinnerung an diesen Satz wirkte auf mich wie eine persönliche Botschaft von Ruth und zwang mich, ihn zu Ende zu denken.

Alles das, was das menschliche Leben ausmachte, was ihm Bedeutung gab und Wert zumaß, hatte sich – so ging es mir an jenem Abend und in jener Bar durch den Sinn – in all den verstrichenen Jahren und Jahrzehnten nicht geändert. Das äußere Bild der Welt mochte ein anderes geworden sein – der Mensch hatte mittlerweile die Sterne erobert –, doch noch immer mußte der einzelne sich entscheiden, auf welcher Seite er stand. Der Ausbau unserer zivilisatorischen Organe und Institutionen hatte uns mit einer falschen Sicherheit erfüllt, uns mit dem trügerischen Gefühl beseelt, alles funktioniere ganz von selbst, auch ohne unser Dazutun. Nun jedoch zeigte es sich, daß wir aus der Verantwortung nicht entlassen waren.

Plötzlich begriff ich, was Commander Harris mir mit dem Bekenntnis seiner Überzeugung hatte mitteilen wollen. Als ich dies begriff, hatte ich ein frisch gefülltes Glas Whisky in der Hand. Ich stellte es ungeleert fort, rief die Firma an, für die ich hätte fliegen sollen, und ließ mir ein Taxi kommen.

Vor Delta VII war, als ich auf dem Landeplatz eintraf, ein Lastwagen aufgefahren. Die Ranger waren gerade am Aussteigen, zehn Mann und ein Offizier. Die Waffen funkelten im kalten Licht der Sterne und klirrten gedämpft. Zehn Mann gegen zehntausend. Es waren Freiwillige, einer wie der andere, und wie ich sie sah, während sie sich aufstellten, spürte ich, daß sie bereit waren, ihr Bestes zu geben, einer wie der andere, auch wenn die Aussicht auf Erfolg gleich null war. Diese elf Mann waren bereits ein Maximum an Besatzung. Jeder Kubikmeter Raum in Delta VII war eingeplant für ihre Unterbringung, und ein Mann mehr wäre schon zuviel gewesen. Aber selbst wenn man hundert Mann hätte unterbringen können, wären die Aussichten kaum besser gewesen. Nur an der Ausrüstung hatte man nicht gespart. Die leichten Infanteriewaffen stellten eine beträchtliche Feuerkraft dar. Und noch etwas anderes war, wie ich wußte, mittlerweile getan worden, um das Unternehmen zu begünstigen. Die Waffenkammern von Delta VII waren gefüllt worden.

Commander Harris und Lieutenant Ibaka kamen die kurze Leiter herabgestiegen, und der Offizier salutierte. »Major Stewart mit zehn Mann zur Stelle, Sir.«

Er sah völlig anders aus, als ich mir einen Ranger-Major vorstellte: ein hagerer Mann mit dem versponnenen Gesicht eines Wissenschaftlers.

»Danke, Major. Lassen Sie Ihre Männer an Bord gehen.« Commander Harris sah sich suchend um. »Wo zum Teufel steckt der Navigator?«

Ein Schatten löste sich aus der Dunkelheit, und Stroganows mürrische Stimme sagte:

»Hier, Sir.«

Commander Harris drehte sich abrupt um. »Was soll das heißen?«

»Das heißt, Sir«, sagte Stroganow unverändert mürrisch, »daß Sie auf den neuen Navigator nicht länger zu warten brauchen, weil ich's mir anders überlegt habe. Sie werden auf dieser verrückten Reise einen guten Navigator verdammt nötig haben – und ich bin zufällig ein guter Navigator.«

Commander Harris räusperte sich.

»So?« sagte er. »Nun, das werden Sie jetzt ja unter Beweis stellen können.« Er tippte Stroganow leicht mit den Fingerspitzen an. »Danke, Lieutenant.«

Stroganow war schon im Begriff, die Leiter hochzusteigen, als Commander Harris' Stimme ihn noch einmal zurückhielt.

»Lieutenant Stroganow!«

»Sir.«

»Was haben Sie eigentlich mit Ihrem Ersatzmann gemacht, Lieutenant?«

»Der, Sir«, antwortete Stroganow gleichmütig, »war in einem sehr schlechten Zustand, als ich ihn verließ. Ich glaube, Sir, er hat einen sehr empfindlichen Magen.«

Als Stroganow an Bord gegangen war, nahm ich meinen ganzen Mut zusammen und trat vor den Commander hin.

»Wenn es sich noch einrichten läßt, Sir«, sagte ich, »können Sie meinen Ersatzmann ebenfalls nach Hause schicken. Ich übernehme die Aufgabe.«

Commander Harris maß mich mit einem langen Blick. »Captain Brandis«, sagte er, »ich habe nie über einen Ersatzmann für Sie verfügt. Nur ging ich dabei von der Annahme aus, daß Sie erstens pünktlich und zweitens nüchtern zur Stelle sein würden. In beiden Punkten habe ich mich wohl etwas geirrt.« Ein Hauch von Zuneigung lag plötzlich in seiner Stimme. »Ansonsten, Captain, bin ich froh, mich nicht in Ihnen getäuscht zu haben. Es wäre sonst eine höchst unangenehme Situation für mich geworden.«

»Danke, Sir«, sagte ich.

»Die Einzelheiten des Unternehmens«, sagte Commander Harris, »bespreche ich mit Ihnen nach dem Start.« Dann stiegen wir ein.

An Bord war es eng, heiß und stickig. Ich zwängte mich auf meinen Platz und überprüfte die Instrumente, während Commander Harris von Ranger zu Ranger ging und sich davon überzeugte, daß er fest in den Gurten steckte. Ein halbes Dutzend Techniker war fast bis zum letzten Augenblick damit beschäftigt gewesen, zusätzliche Arretierungen anzubringen.

Der Commander setzte sich neben mich, und wir gingen die Checkliste durch. Die Kontrollgeräte zeigten die gewohnten roten und grünen Lichter, doch diesmal kamen sie mir auf seltsame Art unwirklich vor. Es mochte daran liegen, daß in den überfüllten Räumen keine Fröhlichkeit herrschte, sondern dumpfes, gedrücktes Schweigen, das nur dann und wann von einem Hüsteln unterbrochen wurde. Es roch nach Waffenfett, nach Schweiß und nach Angst. Einmal, als der Commander eine Pause machte, fuhr ich mit dem

Handrücken über die Stirn, wobei ich feststellte, daß auch ich schwitzte. Meine Haut war naß und kalt zugleich.

Bevor wir abhoben, tat Commander Harris ein übriges: Er überprüfte das Waffensystem – und mehr als alles andere ließ mich das erkennen, daß die friedlichen, unbeschwerten Zeiten vorbei waren. Es war das erste Mal, daß Delta VII – dieser Prototyp – seiner eigentlichen Bestimmung dienen sollte: dem Kampf.

Es war 20 Uhr Metropoliszeit, als Delta VII von der Venus abhob.

Kapitel 24

In diesem und im folgenden Kapitel versuche ich, wie immer gestützt auf mir später zugänglich gewordene Berichte und Schilderungen, ein Bild der Ereignisse zu zeichnen, die das weitere Geschehen mitbestimmten.
Der Graben, der den steinigen Wüstenboden durchschnitt, war hundert Meter lang, zwei Meter breit und einen halben Meter tief, und er war randvoll mit Erdöl gefüllt, das man in Brand gesteckt hatte. Eine feurige Wand verschleierte den Horizont. Schwarzer Qualm stieg träge auf in das dunstige Blau des afrikanischen Himmels.

Die Soldaten bewegten sich langsam, in geordneter Formation, auf diesen Graben zu, insgesamt vier Kompanien. Sie trugen die schwarzen Uniformen der *III. Abteilung* mit einem zusätzlichen großen weißen Totenkopf auf der Brust: Symbol ihrer Zugehörigkeit zur *Tödlichen Garde*. Ihnen, den Treuesten der Treuen, wie General Smith sie nannte, oblag die Bewachung und Sicherung des engeren Lagerbezirks, und sie unterstanden dem General selbst – im Gegensatz zu den zehn Regimentern, die diesen Wüstendistrikt nach außen hin abschirmten.

Knapp fünfzig Schritt vor der Feuerwand begannen die Soldaten zu stocken. Es war ein Augenblick allgemeiner Unschlüssigkeit und Ratlosigkeit. Ein Offizier löste sich aus der Menge, rannte noch ein paar Meter auf das Feuer zu und wurde von der Hitze zurückgetrieben. Zurücktretend, fuchtelte er mit den Armen: Befehl für die Soldaten, das Hindernis von beiden Seiten zu umgehen. Der Pulk zerfiel in zwei Kolonnen, von denen die eine nach Westen, die andere nach Osten strebte.

Auf einmal jedoch geschah etwas Unerwartetes.

Die beiden noch eben auseinanderstrebenden Kolonnen vereinigten sich wieder, die Soldaten rissen ihre Waffen hoch und rannten mit heiserem Geschrei auf das Feuer zu. Sie erreichten den Punkt, an dem der Offizier hatte aufgeben müssen, und rannten weiter. Ihr Geschrei wurde lauter. Die Hitze, die sie empfing, mußte mörderisch sein.

Major Bertram, Kommandant des Lagers, trat vom Fenster zurück; er hatte genug gesehen. Über eine direkte Leitung gab er Befehl, die Übung abzubrechen. Sie hatte ihren Zweck erfüllt. Angst und Selbsterhaltungstrieb waren Instinkte, die nichts mehr galten: man konnte sie nach Belieben an– und ausschalten. Die Tödliche Garde war ein perfektes Instrument. Reguläre Einheiten mochten sich im Augenblick der Gefahr zurückziehen oder gar meutern. Die Tödliche Garde stürzte sich eher in die verzehrenden Flammen, als daß sie aufgab.

»Und nun zu Ihnen, Doktor«, sagte Major Bertram, und Dr. Hassan Talan, der algerische Lagerarzt, erlaubte sich, einen Schritt näher zu treten. »Vor einer Stunde habe ich mit dem General gesprochen. Er ist mit Hirschmann höchst unzufrieden.« Dr. Talan wiegte den Kopf. »Sir, vom Standpunkt der medizinischen Wissenschaft wurde alles getan, was menschenmöglich war. Hirschmann ist ja auch bereit, seine Memoiren in unserem Sinn zu schreiben, aber irgend etwas scheint ihn zu stören, und das ist mit einer verstärkten Impulsgebung nicht zu kurieren. Wir haben seine heimatliche Umgebung genauestens rekonstruiert, daran kann es also nicht liegen. Sein Gesundheitszustand ist gut, sein eigener Wille beschränkt sich auf den Vollzug alltäglicher Handlungen, und doch kommt er mit seinen Memoiren nicht weiter. Wir haben ihm eine Sekretärin nach der andern besorgt, selbst das hat sich nicht weiter ausgewirkt. Er verlangt unverändert nach Ruth O'Hara.«

Major Bertram wippte auf den Zehenspitzen. »Wer ist das?«

»Die Sekretärin, Sir, mit der er über sechs Jahre lang gearbeitet hat. Ich habe mich nach ihr erkundigt. Sie wurde vor einer Woche in Metropolis verhaftet im Zusammenhang mit der Flucht von Delta VII. Es gelang, sie festzunehmen, bevor sie an Bord gehen konnte.«

»Und Sie meinen, Doktor, diese Ruth O'Hara könnte uns von Nutzen sein?«

Der Lagerarzt spreizte die Hände.

»Beschwören, Sir, kann ich das natürlich nicht, aber vieles spricht dafür, wenn man den psychologischen Faktor mitberücksichtigt. Hirschmann ist nun mal daran gewöhnt, mit ihr zusammenzuarbeiten, und in seinem Alter stellt man sich nur noch schwer um, wenn überhaupt.« Major Bertram nahm wieder seinen Fensterplatz ein. Die Soldaten hatten sich zu einer Marschkolonne formiert und zogen singend zu ihren Unterkünften zurück. Zwei von ihnen, die schwere Verbrennungen erlitten haben mußten, wurden gerade in ein Sanitätsfahrzeug verladen. Eines Tages, dachte der Major, wird unsere *ganze* Armee so sein wie die Tödliche Garde. Und dann wird die Welt *uns* gehören. Der berühmte Fanatismus der gelben Rasse war nichts im Vergleich mit dem, was er soeben selbst erlebt hatte.

»Also gut«, sagte Major Bertram, wobei er mit seinen Gedanken zu Dr. Talan zurückkehrte, »ich werde Ihnen diese Ruth O'Hara herbeischaffen. In ein paar Stunden ist sie hier.« Er drehte sich um. »Sie sehen, ich unterstütze Sie, wo ich nur kann. Aber ab sofort möchte ich dem General Erfolge melden können. Er wird ungeduldig.«

Kapitel 25

Ruth O'Hara trat zögernd über die Schwelle und sah, daß die Täuschung vollkommen war. Mitten in der Sahara saß Samuel Hirschmann in einem Raum, der der seine zu sein schien, hinter einem Schreibtisch, der sich um nichts von seinem Schreibtisch in Metropolis unterschied, und schrieb. Aber nicht die Entdeckung der Täuschung war das Erschreckende, sondern die Langsamkeit, mit der der Präsident emporblickte. Einen Herzschlag lang schien es Ruth, er hätte sie nicht erkannt, aber plötzlich hellten sich seine trüben Augen auf, und er kam hinter dem Schreibtisch hervor und schloß sie in die Arme.

»Ruth! Ruth, mein Kind, Sie sind es wirklich!«

Ruth antwortete nicht gleich. Sie stand still und ließ der Wiedersehensfreude Zeit, die Erinnerung an die letzten Tage zu vertreiben. Unzählige Male hatte sie sich in diesen Tagen gefragt, was wohl aus dem Präsidenten seit seiner Ansprache geworden sein mochte, und nun stand er vor ihr, und auf den ersten Blick wirkte er, von seiner Müdigkeit abgesehen, rüstig und gesund.

»Man hat mit gesagt, daß Sie mich wieder brauchen, Sir.«

»Und ob ich Sie brauche!« Hirschmann streckte seine pergamentene Hand nach dem Schreibtisch aus. »Sie sehen selbst, was sich da alles angesammelt hat. Wie soll ich damit fertig werden ohne Sie?«

Ruth strich sich eine Haarsträhne aus der Stirn.

»Ich habe mir Sorgen gemacht um Sie, Sir. Wie geht es Ihnen?«

»Wie es mir geht?« Der Präsident nahm seinen Platz wieder ein. »Ausgezeichnet, mein liebes Kind, wirklich ausgezeichnet. Ich habe mich sozusagen kopfüber in die Arbeit gestürzt. Es wird Zeit, daß ich mit meinen

Memoiren zu einem Ende komme. Mit ihnen, so habe ich beschlossen, schließe ich mein politisches Lebenswerk ab. Sie werden mir dabei helfen?«

Ruth verspürte ein Würgen im Hals. Der Präsident, begriff sie, lebte in einer fremden, ihr unzugänglichen Welt – fernab von jeder Realität.

»Ich bin sehr stolz, Ihnen helfen zu dürfen, Sir!« Ruths Stimme wurde brüchig. »Wirklich, sehr stolz.«

Dr. Talan, der sich im Hintergrund hielt, räusperte sich und trat etwas näher.

»Sie haben jetzt eine Stunde Zeit, um sich von der Reise zu erholen, Miß O'Hara. Gestatten Sie, daß ich Ihnen Ihre Räume zeige?«

»Ich bitte darum«, sagte Ruth steif.

Dr. Talan öffnete die Tür.

»Ruth«, sagte Hirschmann, »warum muß dieser gräßliche Medizinmann immer um mich sein? Ich brauche ihn nicht. Ich bin ganz gesund. Machen Sie ihm das doch klar, Ruth! Auf mich will er ja nicht hören.«

Ruth blickte zur Seite.

»Ich will es versuchen, Sir«, sagte sie. »Bitte, regen Sie sich nicht auf.«

Dann folgte sie Dr. Talan über mehrere Gänge in die für sie bestimmten Räume. Der Lagerarzt trat mit ein.

»Es ist nur gut«, sagte er, »wenn wir von vornherein völlige Klarheit schaffen, Miß O'Hara. Sie sind hier, um dem Präsidenten bei der Niederschrift seiner Memoiren zu helfen. Sie haben nichts anderes zu tun, als seine Diktate aufzunehmen. Persönliche Gespräche haben nach Möglichkeit zu unterbleiben. Sie werden mit dem Präsidenten nie allein sein ...«

Ruth hörte den Arzt reden, aber was er sagte, drang kaum in ihr Bewußtsein vor. Sie fühlte sich erschöpft, hoffnungslos und der Verzweiflung ausgeliefert, und aus der Verzweiflung heraus wuchsen Mut und Zorn.

»Was haben Sie nur mit ihm gemacht?« fragte sie. »Was haben Sie mit ihm angestellt, um ihn so in die Hand zu bekommen?«

Dr. Talan lächelte. Es war keine Täuschung möglich. Ruth hatte das Spiel durchschaut. Er lächelte.

»Ob ich's Ihnen sage oder verheimliche, das ist wohl kein Unterschied mehr, Miß O'Hara. Sie werden dieses Lager ohnehin nicht mehr verlassen.« Er ging hinüber zum Fenster und stieß es auf. »Sehen Sie das schwarze Gebäude mit den vielen Antennen?«

Das Gebäude, auf das Dr. Talan zeigte, war Ruth bereits bei ihrer Ankunft aufgefallen. Es beherrschte den ganzen Lagerkomplex und sah aus wie ein schwarzer Iglu von der Größe eines vierstöckigen Hauses. Rundum war es gespickt mit großen und kleinen Antennen.

Ruth nickte stumm.

»Nun«, sagte der Arzt, »das ist sozusagen das ganze Geheimnis. Von dieser Zentrale aus dirigieren wir sowohl unsere Tödliche Garde als auch unsere prominenten Gäste. Ein Fortschritt der Wissenschaft, werden Sie zugeben müssen. Der Mensch ist der lästigen Pflicht, sich ständig neu zu entscheiden, enthoben.«

Ruth wandte sich ab. »Das ist unmenschlich!« sagte sie.

Dr. Talans Augen blickten mit mildem Vorwurf. »Nicht doch, Miß O'Hara. Früher hat man geprügelt und gefoltert, um Menschen gefügig zu machen. Heute sendet man den entsprechenden Impuls, und sie gehorchen wie Marionetten. Sie sehen, nur die Methoden haben sich etwas geändert.« Der Arzt schloß das Fenster. »Wie gesagt, ich erzähle Ihnen das, weil Sie früher oder später doch dahinterkommen würden.« Er hob ein wenig die Brauen. »Glauben Sie, ich wüßte nicht, was jetzt in Ihnen vorgeht, Miß O'Hara? Schlagen Sie es sich aus dem Kopf! Sie würden keine zehn Meter weit kommen.«

Ruth wandte ihm den Rücken zu.

Der Lagerarzt deutete eine Verneigung an.

»Alleinsein«, sagte er, »ist Luxus. Sie werden sich daran gewöhnen müssen, unter Bewachung zu stehen,

Miß O'Hara, auch wenn ich mich jetzt zurückziehe. Im übrigen können Sie sich in diesem Gebäudekomplex frei bewegen.« Hinausgehend fügte er hinzu: »Zum Diktat lasse ich Sie rufen.«

»Wenn Sie schon so weit sind, daß Sie Gedanken lesen können, Doktor«, sagte sie, »dann dürfte es Ihnen kaum entgangen sein, daß ich jetzt allein sein möchte.«

Nachdem Dr. Talan gegangen war, trat Ruth noch einmal ans Fenster. Bewaffnete Soldaten, weiße Totenköpfe auf der Brust, patrouillierten zwischen den Gebäuden. Draußen war es heiß. Die Soldaten schwitzten, und über der Wüste flimmerte unruhig die Luft. Hier und da blitzte es in der Ferne silbrig auf.

Kapitel 26

Durch das Cockpitfenster konnte ich die Erde sehen: einen runden Edelstein auf dem schwarzen Samt der Unendlichkeit. Delta VII war knapp außerhalb des Radargürtels in eine Kreisbahn eingeschwungen und trieb nun mit gestopptem Triebwerk dahin – in Erwartung des Leichten Kreuzers *Sagitta*. Ibaka hatte sich den aluminiumfarbenen Raumanzug übergestreift und turnte außenbords herum. Einige Stunden zuvor waren wir in einen Meteoritenregen hineingeraten, und nun nutzte Commander Harris die Wartezeit, um feststellen zu lassen, ob Delta VII dabei irgendwelche Schäden davongetragen hatte. Dann und wann tauchte Ibaka vor einem der Fenster auf, meist jedoch war er unsichtbar und nur über die Bordsprechanlage mit uns verbunden. Er benutzte eine Frequenz mit minimaler Reichweite, so daß keine Gefahr bestand, von anderen Schiffen mitgehört zu werden.

»Als Mediziner, der ich nicht bin, Sir, müßte ich jetzt Pocken diagnostizieren.«

Commander Harris sagte: »Ich wäre Ihnen sehr verbunden, Lieutenant, wenn Sie sich bei der Schadensmeldung weniger blumiger Umschreibungen bedienen würden.«

»Aye, aye, Sir«, sagte Ibaka. »Ich habe lediglich versucht, den Zustand der Außenhaut zu beschreiben. Ernsthafte Schäden haben wir jedenfalls nicht davongetragen. Nur unsere Schönheit ist ein wenig ramponiert.«

»Verstanden«, sagte Commander Harris. »Sie können wieder an Bord kommen, Lieutenant.«

»Schade, Sir. Ich bin gerade dabei, meine alte Heimat zu begutachten.«

Deutlich erkannte auch ich das Dreieck des afrikanischen Kontinents, auf dem hell das Licht der Sonne lag – und plötzlich war mir, als hätte irgendwo ein Uhrwerk zu ticken begonnen, lauter und immer lauter.

Ibaka kam wieder an Bord und entledigte sich des Raumanzuges.

Die Zeit rann dahin.

Der afrikanische Kontinent lag schon fast ganz im Schatten, als ich auf dem Radarschirm die erste flüchtige Bewegung wahrnahm, die das Ende unseres Wartens ankündigte. Danach verging noch eine ganze Weile, bis der Leichte Kreuzer auch vor dem Cockpitfenster auftauchte. In respektvoller Entfernung manövrierte er ein paar Minuten lang unschlüssig hin und her – offenbar im Zweifel, ob er die Annäherung riskieren sollte oder nicht. Erst als unser Signalscheinwerfer zu blinzeln begann, ließ er alle Vorsicht fahren, stieß auf uns zu, beschrieb einen Vierzigmeilenkreis und schob sich dann langsam heran: Ein schlankes graues Schiff mit schmalen Stabilisierungsflossen. Auf dem Rumpf prangte in schwarzer Schrift die Aufschrift SRF SAGITTA – *Division Venus*. An Bord der Sagitta befanden sich, wie ich wußte, Major Luca und eine fünfköpfige Besatzung, und Major Luca war, wie ich ebenfalls wußte, ein alter Freund des Commanders: Freund genug, um den Befehlshaber der Strategischen Raumdivision Venus, Colonel Larriand, im unklaren über die eigenmächtige Erweiterung eines routinemäßigen Patrouillenfluges zu lassen – eine Eigenmächtigkeit, die für Major Luca militärgerichtliche Konsequenzen haben konnte. Von ihr in Kenntnis gesetzt war lediglich der Vorsitzende des *Rats für innere und äußere Sicherheit*, Alexander Repin.

Drüben auf der Sagitta begann der Scheinwerfer zu flackern.

»C. an C.: War mir auf Anhieb meiner Sache nicht sicher.«

Der Signalscheinwerfer von Delta VII gab Antwort.

»Bin erfreut, Sie willkommen zu heißen. Alles läuft, wie besprochen.«

»Wenn es Ihnen recht ist«, morste die Sagitta, »krempeln wir uns jetzt die Ärmel hoch und machen uns an die Arbeit.«

»Gehen Sie wie verabredet längsseits!«

»Verstanden. Ich gehe längsseits.«

Die Sagitta setzte ein Stück zurück und schob sich dann behutsam längsseits, bis beide Schiffe einander fast berührten. In dieser Position verharrte sie. Für jeden Radarbeobachter, der Delta VII und die Sagitta von nun an auf den Schirm bekam, mußten sie wie *ein* Schiff erscheinen.

Commander Harris wandte sich an Major Stewart. »Es kann losgehen, Major.«

Major Stewart neigte zustimmend den Kopf mit dem schweren Helm.

»Wir wollen es hinter uns bringen, Sir.«

Die Situation war nicht ungünstig. Aus dem vielstimmigen Chor verschlüsselter Funksignale im Äther ließ sich entnehmen, daß der General seine Strategische Raumflotte in der Luft hielt. Ein Schiff mehr oder weniger, das sich auf den Schirmen der erdfesten Raumüberwachungszentren abzeichnen sollte, würde anfangs kaum auffallen: Man würde es für ein Versorgungsschiff halten oder für einen vorzeitigen Heimkehrer. Sicherlich würde man diesen Irrtum früher oder später erkennen, aber dann würde – wenn nichts Unvorhergesehenes dazwischenkam – Delta VII bereits gelandet sein – so daß die Sagitta das Täuschungsmanöver vollenden konnte, indem sie sich den herbeieilenden Taurus–Zerstörern als Köder hinwarf.

Freilich, von diesem kleinen Unterschied zwischen *früher* und *später* hing so ziemlich alles ab. Die einzelnen Phasen unseres Unternehmens waren von drei Computern durchgerechnet worden: mit dem einstimmigen Ergebnis, daß zwischen dem Aufsetzen von Delta VII auf der Erde und dem darauffolgenden Start bestenfalls drei Minuten und sechsundfünfzig Sekunden vergehen durften. In diesen insgesamt 236

Sekunden mußte Hirschmanns Befreiung gelingen. Jede Überschreitung dieser Frist, auch die geringfügigste, bedeutete mit unabwendbarer Sicherheit den Fehlschlag des Unternehmens.

Commander Harris warf seitlich einen Blick aus dem Cockpitfenster auf unseren grauen Begleiter.

»Lieutenant Ibaka!«

»Sir?«

»Teilen Sie der Sagitta mit, daß wir unser Triebwerk genau um neunzehn Uhr fünf zünden.«

»Neunzehn Uhr fünf. Aye, aye, Sir.«

Wieder flackerten die Scheinwerfer. Dann begann das Starren auf die Uhr.

»Commander an Pilot: Positionsüberprüfung!«

»Position ist überprüft, Sir. Klar zur Kurseinsteuerung nach dem Zünden.«

»Triebwerk zünden.«

»Triebwerk läuft, Sir.«

Ein leises Vibrieren ging durch den Leib von Delta VII, nun da das Triebwerk gezündet war. Ein letztes Mal kontrollierte ich mein Gedächtnis. Alle wichtigen Eigenschaften des vorgesehenen Landegebietes hatte ich mir eingeprägt. In dieser ersten Phase hing alles davon ab, ob ich in der Lage war, ohne Verlust an Zeit die letzten, feinen Kurskorrekturen über dem nachtdunklen, unbekannten Gelände vorzunehmen, die kein Computer im voraus berechnen konnte.

»Langsam voraus!«

»Langsam voraus. Aye, aye, Sir.«

Seite an Seite, wie durch unsichtbare Bande miteinander verbunden, setzten sich Delta VII und die Sagitta in Bewegung, wurden schneller, immer noch Rumpf an Rumpf, bis sie mit der Geschwindigkeit eines stürzenden Meteors aus dem unkontrollierten Raum eintauchten in den Meßbereich der Raumüberwachungszentren und weiterjagten, der Erde entgegen, unverrückbar Flanke an Flanke.

Kapitel 27

Der Objektivität halber und um dem Leser ein vollständiges Bild zu vermitteln, greife ich erneut auf Berichte und Schilderungen von dritter Seite zurück.

In gewohnter Weise nahm Ruth O'Hara das Diktat des Präsidenten entgegen, wobei sie sich zwang, den Sinn dessen, was sie schrieb, völlig außer acht zu lassen.

Samuel Hirschmanns Stil hatte sich nicht geändert. Noch immer war der Präsident der brillante Formulierer, und wenn man nur dem Klang seiner Stimme gelauscht hätte, wäre es leicht gewesen zu glauben: nichts hätte sich verändert.

Die Veränderung lag nicht im Stil und nicht in der Art der Formulierung, sondern in dem, was die diktierten Sätze enthielten. Mehr und mehr formte sich aus ihnen ein Eingeständnis eigenen Versagens, persönlicher Schuld, politischen Fehlverhaltens und ein Bekenntnis zu den neuen Machthabern.

Manchmal, wenn der Präsident im Diktieren innehielt und die Stirn runzelte, wie um sein Gedächtnis zu befragen, schien es Ruth, als könnte sie ein kaum wahrnehmbares Sträuben an ihm feststellen, eine innerliche Auflehnung gegen sich selbst. Doch diese Pausen waren nie sehr lang, meist diktierte der Präsident schon nach wenigen Sekunden mit neuem Eifer weiter, bis er schließlich – draußen war es schon dunkel – erschöpft den Kopf auf beide Hände stützte und die Augen schloß.

»Genug für heute.« Dr. Talan war aufgestanden. »Sie dürfen sich jetzt verabschieden und gehen, Miß O'Hara.« Präsident Hirschmann öffnete die Augen.

»Ausnahmsweise hat dieser widerwärtige Mensch recht, Ruth. Ich bin tatsächlich ein wenig müde und abgespannt. Kopfschmerzen habe ich auch schon wieder. Wir machen morgen weiter – zur gewohnten Zeit. Machen Sie sich einen schönen Abend, mein Kind.«

»Danke, Sir«, sagte Ruth leise. »Ich werde es versuchen.«

Solange sie nichts anderes zu tun gehabt hatte, als diktierte Sätze auf ihren Stenogrammblock zu übertragen, war es ihr möglich gewesen, sich zu beherrschen. Damit war es vorbei. Die Unfähigkeit des Präsidenten, sich über sich selbst klar zu werden, erschütterte sie aufs neue und ließ ihre Beherrschung fast zerbrechen.

»Wie geht es eigentlich Ihrem Verlobten, diesem Piloten?« fragte der Präsident.

»Ich hoffe gut«, sagte Ruth und war froh, daß sie nichts zu erfinden brauchte. »Ich habe ihn seit Tagen nicht mehr gesehen.«

»Grüßen Sie ihn von mir«, sagte der Präsident.

»Ich werde es nicht vergessen, Sir.«

Dr. Talan räusperte sich. »Miß O'Hara, der Präsident braucht jetzt unbedingt seine Ruhe.«

Ruth nickte. »Ich verstehe.«

»Nun«, sagte Samuel Hirschmann rebellisch, »so ruhebedürftig bin ich auch wieder nicht, wie dieser Mensch Sie glauben macht. Aber trotzdem will ich Sie nicht aufhalten, wenn Sie es eilig haben. Gute Nacht, Ruth.«

»Gute Nacht, Sir.« Ruth verließ das Arbeitszimmer, und Dr. Talan ging eine Weile neben ihr her. Vor seiner Bürotür verabschiedete er sich.

»Auch ich wünsche Ihnen eine angenehme Ruhe, Miß O'Hara. Und verbringen Sie nicht die ganze Nacht damit, Fluchtpläne zu schmieden. Es zahlt sich nicht aus.«

Ruth ging wortlos weiter, und Dr. Talan betrat sein Büro und rief Major Bertram an. Es erfüllte ihn mit Stolz und Genugtuung, feststellen zu dürfen, daß seine Diagnose sich bestätigt hatte. Der Präsident hatte endlich ernsthaft zu arbeiten begonnen, und wenn er in diesem Tempo weitermachte, konnte man in gut einer Woche das erste Kapitel seiner Memoiren erscheinen lassen.

Auch Major Bertram, der Lagerkommandant, sagte, das sei eine gute Botschaft, und er würde sie so schnell wie möglich dem General übermitteln – zusammen mit einer lobenden Erwähnung des behandelnden Arztes. Dann fragte er:

»Hat es mit der neuen Sekretärin irgendwelche Schwierigkeiten gegeben, die ich wissen müßte?«

Dr. Talan beeilte sich zu erwidern, daß es nicht die geringsten Schwierigkeiten gegeben hätte, und er setzte hinzu, daß es ihm fast leid täte, ein so bezauberndes junges Ding nach getaner Arbeit einfach auslöschen zu müssen.

Der Major lachte: »Sie machen mir Spaß, Doktor!« und beendete das Gespräch.

Zu diesem Zeitpunkt stand Ruth O'Hara am Fenster ihres Zimmers und blickte hinaus in die Nacht. Die *Totenköpfe* machten ihre gewohnten Kontrollgänge. Über der Wüste waren die ersten Sterne aufgegangen, und die endlose Kiesfläche schimmerte matt.

Wenn man von den *Totenköpfen* absah, erinnerte nichts an ein Gefängnis. Es gab keine Gitter, Mauern und Zäune. Das, was das Lager zum sichersten Verwahrungsort der Erde machte, blieb unsichtbar: elektromagnetische Kraftfelder und akustische und elektronische Sperrgürtel, die jede Bewegung, jeden Laut registrierten und an die Zentrale weiterleiteten.

Ruths Blick streifte die silbrigen Rümpfe der Laser–Batterien. Sie standen dicht an dicht, zwanzig an der Zahl, und die weißen Totenköpfe auf ihren Rümpfen leuchteten. Ruth konnte hören, wie die Soldaten, die dazugehörten, sich unterhielten – belanglose Sätze, wie sie allenthalben unter wacheschiebenden Soldaten getauscht wurden.

Das Licht, das am Himmel aufgetaucht war, bewegte sich und kam rasch näher.

Ruth hob den Kopf.

Der Lichtpunkt entfaltete einen orangegelben Kometenschweif, beschrieb einen Halbkreis und stürzte auf einmal direkt auf die Wüste zu. Er entschwand hinter dem dunklen Bergmassiv des Hoggar – doch nur, um einen Herzschlag später mit verstärkter Helligkeit wieder steil aufwärts zu ziehen.

Ruth hielt den Atem an.

Der Kometenschweif hatte erneut eine jähe Wendung vollzogen und jagte nun, ein glühender Pfeil, direkt auf sie zu.

Die Sirenen heulten auf.

Das Geschwätz der Soldaten verstummte. Luken klappten zu. In den Pulk der Laser–Batterien kam Bewegung. Das war das letzte, was Ruth wahrnahm, bevor sich dieser Pulk vor ihren Augen auflöste in einer einzigen verzehrenden Flamme, und sie zurückgeworfen wurde und das Bewußtsein verlor.

Kapitel 28

Major Salvatore Luca erfuhr es von seinem Bordschützen, während die Sagitta bereits wieder aufwärts zog, mit heulendem Triebwerk die nachtdunkle Erde hinter sich lassend.

»Sir, der Schuß ging glatt ins Auge.«

Einen Atemzug lang nahm sich Major Luca Zeit, um sich in Gedanken von seinem alten Freund Harris zu verabschieden, der nun mit seinen Männern die ganze Last des Unternehmens allein weiterzutragen hatte. Die Sagitta hatte, um dieses Unternehmen nicht schon in der ersten Minute scheitern zu lassen, getan, was von ihr erwartet worden war: Die Laser–Batterien waren ausgeschaltet – und damit mochten sich Harris‘ Erfolgsaussichten um ein Prozent verbessert haben. Ein Prozent, dachte Major Luca, das war so gut wie gar nichts, allenfalls ein Aufschub des Unabwendbaren. Nach wie vor war da die ganze Totenkopf–Mannschaft des Lagers, fünfhundert Mann oder noch mehr, die sich vom Schock dieses ersten Schlages sicherlich bereits erholt hatte und die ersten gezielten Abwehrmaßnahmen einzuleiten im Begriff stand, und nach wie vor gab es in der Umgebung des Lagers genug Laser–Batterien, um einen halben Kontinent damit zu erobern.

Major Luca starrte auf den Radarschirm. Noch gab es für den Leichten Kreuzer Sagitta, um für Delta VII den Rückzug zu ermöglichen, ein Letztes zu tun, und die hellen Lichtpunkte verkündeten, daß das nicht mehr lange auf sich warten lassen würde. Die Wölfe waren bereits auf der Spur.

»Wie sagten Sie soeben, Lieutenant?«

»Ich sagte, Sir«, erwiderte der Bordschütze: »Der Schuß ging glatt ins Auge.«

Major Luca nickte grimmig.

»Und in der Bibel heißt es: Auge um Auge, Zahn um Zahn, Lieutenant. Wenn mich nicht alles täuscht, werden wir gleich allerhand zu tun bekommen – mehr, als uns lieb sein kann.«

Um diese Zeit befand sich die Sagitta bereits hell im Licht. Mit voller Leistung strebte sie heraus aus dem Schwerefeld der Erde, um, falls es unvermeidbar sein sollte, leicht und rasch manövrieren zu können: nicht anders, als Jahrhunderte zuvor windangetriebene Schiffe auf den Meeren um jeden Meter Luv gekämpft hatten, der in der Stunde der Schlacht Überlegenheit bedeutete. Das freilich war auch schon alles, was sich aus alter Zeit als Vergleich für das sich anbahnende Geschehen heranziehen ließ. Von der augenfälligen Dramatik, die damals den Schauplatz eines Gefechtes beherrschte, war nichts mehr zu spüren. Die Dramatik war längst abgelöst durch elektronische Rechenmaschinen, die im Bruchteil einer Sekunde Tausende von Informationen verarbeiteten und in Impulse umsetzten, und alles, was die Sinne wahrnahmen, war allenfalls das gelegentliche Prasseln der gegnerischen Laserstrahlen, wenn sie das Schiff nach seinen verwundbaren Stellen abtasteten.

Aber noch immer waren es Menschen, die diese Maschinen der Zerstörung lenkten, und noch immer empfanden diese Menschen, was unzählige Menschen vor ihnen im Augenblick des Gefechts empfunden hatten: Furcht oder Mut, immer aber das Verlangen zu überleben.

Der Durchbruch in die Schwerelosigkeit scheiterte früher, als Major Luca befürchtet hatte. Die Taurus-Zerstörer durchschauten die Absicht der Sagitta und änderten ihren Kurs. Noch waren sie nichts als schemenhafte Lichtreflexe auf dem Radarschirm, scheinbar unwirkliche Wesen, aber es war nur noch eine Frage von Sekunden, wann sie aus ihrer Schwerelosigkeit heraus hervorstoßen würden – silberne Pfeile vor einer riesigen Sonne. Major Luca begriff sofort den Ernst der Lage und erteilte ruhig seine Anweisungen.

»Kommandant an Besatzung: Klar Schiff zum Gefecht!« Zwei der Taurus–Zerstörer kamen, wie Major Luca sich gedacht hatte, aus der Sonne – blitzschnelle, kaum wahrnehmbare Geschosse –, und noch während die Sagitta in einer jähen Wendung nach unten auswich, fiel Major Luca ein, daß er den dritten fast vergessen hatte.

Der dritte Taurus–Zerstörer griff nämlich von hinten an und war vorerst der gefährlichste.

Die Sagitta bäumte sich auf und stellte sich wie eine von drei Terriern angefallene Bulldogge zum Kampf.

Kapitel 29

Unter mir lag die nachtdunkle Erde; undeutlich erkannte ich im matten Licht der Sterne – zum Greifen nahe – die schwarzen, schartigen Drachenzähne des Hoggars, wünschte mir, ich hätte mit dieser halsbrecherischen Landung wenigstens bis zum Aufgehen des Mondes warten dürfen, und während ich Delta VII Zoll um Zoll die letzten Meter, die uns noch vom Wüstenboden trennten, hinabmanövrierte, löste sich die Sagitta aus unserer Umarmung und jagte davon. Nie werde ich diesen Augenblick vergessen. Der letzte Freund hatte uns verlassen.

Bisher verlief alles planmäßig. Die erste Anfrage einer Bodenstation hatte uns erst erreicht, als wir bereits in die Atmosphäre eingetaucht waren, und Commander Harris hatte sie unbeantwortet gelassen. Die Anfragen häuften sich, und wenig später ließ sich dem aufgeregten Funkwirrwarr im Äther entnehmen, daß die Bodenstationen Alarm geschlagen hatten. Das war elf Sekunden später geschehen, als die Venus–Computer errechnet hatten.

Irgendwie, mit mehr Glück als Verstand, gelang es mir, Delta VII sicher auf die Erde zu bringen, ohne gegen einen Felsen zu stoßen, und sofort, als ich die Grundberührung spürte, schaltete ich das Triebwerk ab. Auf einmal fühlte ich mich ausgelaugt und zu Tode erschöpft; die Anstrengungen und die Hochspannung der letzten Minuten forderten ihren Preis. Ich riß mich zusammen, bevor die anderen etwas davon bemerken konnten.

»Pilot an Commander: Delta VII gelandet.«

»Danke, Captain.« Commander Harris war bereits auf den Füßen. »Lieutenant Ibaka!«

»Sir?«

»Das Dingi.«

»Aye, aye, Sir.«

Das Umsteigen in das Dingi vollzog sich fast lautlos. Nur dann und wann mahnte Commander Harris mit gedämpfter Stimme zur Eile. Major Stewart und seine Ranger drängten sich an mir vorüber, und ich spürte ihre Erregung.

Bevor Commander Harris selbst in das Dingi überstieg, wandte er sich noch einmal an mich.

»Ihre Befehle sind eindeutig, Captain. Sie warten, bis wir zurück sind. Wenn wir zur vereinbarten Zeit nicht wieder hier sind, starten Sie!«

»Aye, aye, Sir.«

Er reichte mir die Hand. »Keine Unbesonnenheiten, Captain! Ich verlasse mich auf Sie.«

»Viel Glück, Sir«, sagte ich.

Commander Harris bestieg das Dingi, und als auf meinem Pult die grüne Lampe aufleuchtete, gab ich die Preßluft frei. Das Dingi wurde in die Höhe katapultiert, während zugleich sein Triebwerk ansprang. Es beschrieb einen Halbkreis und fauchte dann funkensprühend davon.

Fast in der gleichen Sekunde wuchs in nicht allzu weiter Ferne eine Stichflamme grell in den Himmel und warf ihren Widerschein in das Cockpit.

Als es wieder dunkel geworden war, sagte Stroganow: »Scheint, die Sagitta hat Wort gehalten, Captain.«

Ich konnte nur nicken.

Die Sagitta tauchte in meinem Blickfeld auf. Sie ritt auf einem orangegelben Feuerstrahl, als sie da nach vollbrachter Tat steil in die Höhe stieß. Meine Blicke folgten ihr, bis der Feuerstrahl nur noch ein winziges Glimmen zwischen den Sternen war und schließlich ganz erlosch.

Allenthalben in der Wüste heulten die Sirenen. Sie schrien den Alarm in die Nacht hinein, und in allen Himmelsrichtungen wurde der Schrei aufgenommen und erwidert, bis die Luft davon zu vibrieren schien.

Scheinwerfer flammten am Horizont auf, erst einer, dann viele, und markierten das Lager. Nur wenig später explodierten die ersten Lichtbomben.

»Captain!« sagte Stroganow gepreßt.

Ich sah es selbst; er brauchte mich nicht erst darauf hinzuweisen. Das Cockpit war taghell ausgeleuchtet. Hunderte von künstlichen Sonnen hingen über der Wüste und ließen jeden Stein, jeden Grashalm deutlich hervortreten. Das gleißende Licht brachte meine Augen zum Tränen.

»Captain!« wiederholte Stroganow. »Warum sagen Sie denn nichts, Captain?«

Ich starrte auf die Stoppuhr in meiner Hand. Die Frist, die Commander Harris zur Verfügung stand, rann unaufhaltsam ab. In diesem Augenblick, dachte ich, setzt das Dingi auf. Laut jedoch sagte ich:

»Er hat gewußt, worauf er sich da einließ. Ich weiß, daß er es gewußt hat.«

KAPITEL 30

Der Handstreich aus der Sicht der unmittelbar daran Beteiligten:

Gerade als die ersten künstlichen Sonnen über der Wüste aufgingen und das Lager in ihr kalkiges, seltsam unwirkliches Licht tauchten, setzte das Dingi auf dem ovalen Platz vor dem Hauptgebäude auf. Sand wirbelte hoch und verschleierte die Sicht. Lieutenant Ibaka löste die Verriegelung der Türen, und die warme, stickige Nachtluft drang herein.

»Viel Glück, Major!« sagte Commander Harris.

»Der Himmel weiß, wie sehr wir's brauchen, Commander«, erwiderte Major Stewart und sprang als erster hinaus. Die Ranger folgten; ihre Waffen klirrten.

Lieutenant Ibaka rief Delta VII und gab die erfolgte Landung bekannt.

Der Schleier aus Sand und Staub wurde durchsichtig, und nun erkannte man auch die Soldaten mit den weißen Totenköpfen, die geduckt über das Gelände huschten.

Sergeant Berlimont und sechs Ranger brachten ihre Waffen in Stellung, und die gespenstischen Lichtfinger der leichten Kanonen begannen lautlos in den feindlichen Reihen herumzustochern.

Etwas schlug prasselnd gegen das Dingi. Auch die Tödliche Garde hatte das Feuer eröffnet, doch solange sie nichts als ihre leichten Handfeuerwaffen einzusetzen hatte, konnte sie dem Boot keinen ernsthaften Schaden zufügen.

»Delta VII«, sagte Lieutenant Ibaka, »bis jetzt verläuft alles nach Plan.«

Ein Dutzend Totenköpfe formierte sich zum Sturmangriff. Mit heiserem Schrei kamen sie durch den knöcheltiefen Sand die Straße entlanggestürmt. Sergeant Berlimont ließ sie unter Feuer nehmen. Nur drei oder vier konnten sich in einen Hauseingang retten, aber das verschonte sie nicht, denn nur wenige Sekunden später brachen sie wieder hervor und warfen sich mit dem sturen Fanatismus von Robotern den Kanonen entgegen. Nur zehn Meter vom Dingi entfernt, fiel von ihnen der letzte.

Die zweite Angriffswelle kam von zwei Seiten zugleich. Das Geschrei der Totenköpfe übertönte sogar das Heulen der Sirenen. Sie griffen an, als hätte es die erste Erfahrung mit Sergeant Berlimonts Kanonen nie gegeben. Commander Harris konnte sehen, wie der Sergeant und seine Ranger sich auf die neue Situation einstellten, indem sie die Stellung wechselten, und er konnte auch sehen, wie sie nun selbst ins Feuer gerieten. Die Lichtfinger, die nach ihnen griffen, preßten sie auf die Erde. Um diese Zeit rannte Major Stewart mit seinen drei Männern durch die Gänge des Hauptgebäudes, wobei er Tür um Tür aufriß.

Alle anderen Einzelheiten des Handstreichs hatten weitgehend geplant werden können. Selbst das Überraschungsmoment war in gewisser Weise berechenbar gewesen. Hier im Gebäude jedoch hörte alle Planung auf, und die Improvisation begann. Weder konnte Major Stewart wissen, ob und wie weit er mit Widerstand zu rechnen hatte, noch hatte er die geringste Ahnung, in welchen Räumen sich der Präsident aufhielt – immer vorausgesetzt, daß er überhaupt in diesem Lager gefangengehalten wurde.

Hier und da stieß Major Stewart auf uniformiertes Personal: höhere Dienstränge offenbar, denn sie hoben anstandslos die Hände und ließen sich entwaffnen. Major Stewart hielt sich nicht lange mit ihnen auf. Die Zeit arbeitete gegen ihn. Er wußte nicht, wieviel davon schon verstrichen und wieviel ihm noch geblieben war, aber der Tumult, der von draußen zu ihm hereindrang, verriet ihm, daß das Überraschungsmoment sich schon fast verbraucht hatte und die Dinge sich zum Schlechten zu wenden begannen.

Er gab es auf, im unteren Stockwerk zu suchen, und stürmte die Treppe hinauf. Den Aufzug, obwohl er schneller gewesen wäre, verschmähte er. Darin wäre er hilflos und gefangen gewesen.

Im oberen Stockwerk stieß Major Stewart auf einen Mann im weißen Kittel, der sich beim Anblick der Ranger–Uniformen zur Flucht wandte.

»Bleiben Sie stehen!« brüllte Major Stewart. »Bleiben Sie stehen, oder ich schieße!«

Der Mann im weißen Kittel blieb stehen und hob die Hände.

Ein Ranger tastete ihn ab und stieß ihn mit dem Rücken zur Wand.

»Wer sind Sie?« fragte Major Stewart.

Die Antwort kam stockend. Der Mann zitterte vor Angst.

»Dr. Talan – der Lagerarzt.«

Major Stewart setzte ihm die Mündung seiner Waffe unter das Kinn, und Dr. Talans Lippen begannen zu beben. Major Stewart hatte sich noch nie an einem Zivilisten vergriffen, und auch diesmal war ihm, was er tat, zuwider, aber die Galgenfrist rann unerbittlich ab, und draußen starben seine Männer.

»Wo ist der Präsident?«

Dr. Talan war kreideweiß. »Ich verstehe Sie nicht, Sir.«

Major Stewart schlug ihm den Handrücken ins Gesicht, und Dr. Talan schluchzte auf.

»Nicht schlagen«, stammelte er, »bitte, bitte, nicht schlagen, Sir! Ich bringe Sie zu ihm.«

So kam es, daß Dr. Talan, der Lagerarzt, Major Stewart und die drei Ranger zu den Räumen des Präsidenten führte. Und hier gab es jene Verzögerung, die es der Tödlichen Garde ermöglichte, den Kreis der Belagerung enger zu ziehen.

Kapitel 31

Der Sekundenzeiger der Stoppuhr in meiner Hand lief schneller und schneller. Ich wußte, daß ich mir das nur einbildete – aber es half mir nicht viel, daß ich es mir immer wieder vorsagte. Die kurze Spanne, die zwischen Erfolg und Niederlage lag, begann zu schrumpfen.

Dann und wann zwang ich mich, den Blick von der Uhr zu lösen und den Radarschirm zu kontrollieren, und dabei konnte ich sowohl den Leichten Kreuzer Sagitta erkennen als auch die drei anderen Lichtpunkte, die sich auf ihn zubewegten – und wenigstens dies verschaffte mir ein gewisses Maß an Beruhigung. Die Taurus–Zerstörer hatten den Köder angenommen.

Noch immer ging eine künstliche Sonne nach der anderen über der Wüste auf, und dort, wo das Lager war, huschten vereinzelte Lichtfinger über den Horizont, und daraus konnten Stroganow und ich ersehen, daß gekämpft wurde.

In regelmäßigen Abständen erreichte mich Ibakas Stimme: Kühl und unpersönlich auf die Entfernung hin und auf seltsame Art verzerrt und entmenschlicht.

»Der Major ist jetzt im Haus, Delta VII. Wir warten nur noch auf seine Rückkehr.«

»Wie steht es sonst?« fragte ich.

»Leidlich. Sergeant Berlimont konnte zwei Angriffe abwehren. Er hat einen Mann verloren. Diese Totenköpfe greifen an wie Maschinen.« Zwei, drei Sekunden lang herrschte Stille, dann hörte ich Ibaka fluchen: »Jetzt greifen diese Drecksäcke doch schon wieder an!«

Ibakas Stimme verstummte, und für uns begann wieder das nervtötende Warten. Fünf, sechs Laser-Batterien tauchten in einiger Entfernung im kalten Licht der künstlichen Sonnen auf und strebten dem Lager zu, endlose Staubfahnen hinter sich herschleppend.

Stroganow sagte heiser: »Captain, allmählich wird es Zeit, daß sie an die Rückkehr denken.«

Ich starrte bereits wieder auf die Uhr. In genau 106 Sekunden trat mein Befehl in Kraft, Delta VII zu starten und Commander Harris und die Ranger sich selbst zu überlassen.

Kapitel 32

Schauplatz: Lager

Auf den Straßen und Plätzen des Lagers ging das Feuergefecht weiter. Die Lagerwachen hatten sich von der anfänglichen Überraschung erholt, und Major Bertram schickte alle seine Totenköpfe ins Gefecht, während er gleichzeitig die Unterstützung durch die Laser–Batterien anforderte, die in der Wüste patrouillierten.

Für die sechs Mann, die das Dingi abschirmten und zugleich für Major Stewart den Rückzug freihielten, begann die Lage kritisch zu werden. Der dritte Ansturm der Tödlichen Garde brachte einen weiteren Ausfall: Corporal Perez fiel. So gut es ging, verschanzte sich Sergeant Berlimont mit den ihm verbliebenen Rangern im weichen Wüstenboden, und wider jedes Erwarten gelang es ihm, auch diesen Angriff noch einmal zurückzuschlagen – dies jedoch nur, weil Major Bertram seine Totenköpfe zurückpfiff, um sie neu zu formieren.

Zu diesem Zeitpunkt besaß Bertram noch nicht den vollen Überblick über den Stand der Dinge, und so versuchte er von seiner Zentrale aus – dem antennengespickten schwarzen Iglu – immer wieder, seine eigenen Laser–Batterien in den Kampf zu werfen – in der irrigen Annahme, daß einige davon den Raketenschlag überlebt hätten.

Mit dieser Fehleinschätzung der Lage bescherte er Major Stewart einen geringfügigen Aufschub, der freilich durch die beharrliche Weigerung von Präsident Hirschmann, sich befreien zu lassen, wieder aufgewogen wurde.

Als Major Stewart die Tür zu den Präsidenten-Räumen mit einem Fußtritt aufsprengte, waren zwei weißgekleidete Pfleger gerade damit beschäftigt, den Präsidenten ins Bett zu bringen. Samuel Hirschmann, hemdsärmelig und mit wirren Haaren, schimpfte mit ihnen herum, ohne sich jedoch nennenswert gegen die Bevormundung zu wehren.

Während die Ranger die Pfleger an die Wand zurückdrängten, trat Major Stewart vor den Präsidenten hin und salutierte. »Sir, Sie sind ein freier Mann. Bitte, folgen Sie uns.«

Was nun geschah, gehörte zu den unvorhersehbaren Zwischenfällen.

Samuel Hirschmann richtete seine alterstrüben Augen befremdet auf den ihm unbekannten Offizier.

»Ich verstehe Sie nicht, Major. Was bedeutet Ihr eigenmächtiges Eindringen? Ich verlange augenblicklich eine Erklärung von Ihnen!«

Major Stewart zögerte. Auf alles war er gefaßt gewesen, nur nicht auf diese kühle, förmliche Zurückweisung. Eben noch war er Herr der Situation gewesen, nun jedoch glitt sie ihm aus den Händen.

»Sir«, sagte er, »mein Auftrag lautet, Sie aus diesem Gefängnis herauszuholen und in Sicherheit zu bringen. Wir müssen uns beeilen, Sir!«

Der Präsident zog die buschigen Brauen zusammen – für jeden, der ihn näher kannte, ein untrügliches Zeichen, daß seine Geduld zu Ende ging. »Sagten Sie *Gefängnis*, Major?«

Major Stewart spürte, wie ihn, da er den Erfolg des Unternehmens fast schon in den Händen hielt, vor diesem Starrsinn die Beherrschung zu verlassen drohte. »Sir«, sagte er, indem er mühsam die Fassung bewahrte, »ich weiß nicht, was man mit Ihnen gemacht hat, aber ich weiß, daß der General zehntausend Mann zu Ihrer Bewachung abkommandiert hat.« Major Stewarts Stimme wurde drängend. »Begreifen Sie doch, Sir, daß jede Sekunde kostbar ist.«

Samuel Hirschmann maß ihn von unten bis oben.

»Der General, Major, ist ein großer Mann, den ich zutiefst verehre. Und damit dürften wir wohl am Ende dieser unerfreulichen Diskussion angelangt sein. Verlassen Sie mit Ihren Männern unverzüglich mein Haus!« Major Stewart schluckte und sah rot.

Draußen war Major Stewart mittlerweile der Rückzug abgeschnitten worden. Die Zahl der Ranger, die das Dingi verteidigten, war auf vier zusammengeschmolzen, und diese vier hatten den Rückzug antreten müssen. Im Schutz einer Hauswand gingen sie erneut in Deckung.

Commander Harris hatte diese Entwicklung der Dinge mit wachsender Besorgnis verfolgt. Das Unternehmen war in dieser zweiten Phase bereits so gut wie gescheitert, und die einzige vernünftige Folgerung aus dieser Erkenntnis war, die vier Überlebenden an Bord zu nehmen und zu starten, ohne noch länger auf Major Stewart zu warten. Jedes weitere Zögern mußte die Katastrophe vollständig machen.

Trotzdem konnte sich Commander Harris nicht dazu entschließen, den unwiderruflichen Befehl zu geben. Einmal setzte er dazu an, aber dann machte er den Mund wieder zu, ohne ein Wort gesagt zu haben.

Lieutenant Ibaka warf einen Blick auf die Uhr und rief Delta VII.

»Delta VII, Ihr Befehl bleibt unverändert. Ich wiederhole: Ihr Befehl bleibt unverändert. Bitte bestätigen –«

Lieutenant Ibaka brach mitten im Satz ab und stand auf.

Sergeant Berlimont und ein Ranger hatten eine der Kanonen herumgeworfen und feuerten in eine Richtung, die Commander Harris nicht einsehen konnte.

Lieutenant Ibaka verließ das Dingi.

»Was haben Sie vor, Lieutenant?« Die Stimme des Commanders überschlug sich. »Kommen Sie sofort zurück! Das ist ein Befehl!«

Lieutenant Ibaka hörte Commander Harris toben, aber er kümmerte sich nicht darum. Er rollte durch den weichen Sand, in dem noch die Hitze des Tages weiterglühte, richtete sich wieder auf und rannte der Gestalt entgegen, die soeben aus einem der Fenster im ersten Stock gesprungen war.

»Miß O'Hara!«

Ruth tat noch zwei, drei taumelnde Schritte und fiel hin. Er warf sich neben sie und preßte sie tiefer in den Sand.

»Die Zentrale!« sagte sie.

Lieutenant Ibaka verstand nicht, was sie meinte, und sie krallte ihre Nägel in seinen Arm, daß er vor Schmerz zusammenzuckte.

»Die Zentrale, Antoine! Ihr müßt sie zerstören. Das große Gehirn!«

Lichtfinger geisterten über sie hin und trachteten sie zu erhaschen. Lieutenant Ibaka rollte sich und Ruth tiefer in den Schatten des Hauses.

»Miß O'Hara, um Gottes willen, reißen Sie sich zusammen! Was ist das für ein *großes Gehirn*?«

Ruth hatte sich gefaßt. Sie erklärte es ihm knapp.

Diesmal begriff er sofort. »Sie bleiben hier liegen, Miß O'Hara!«

»Antoine, nehmen Sie mich mit!«

Lieutenant Ibaka stieß sie zurück in den Sand, sah, daß die Lichtfinger es aufgegeben hatten, nach ihnen zu suchen und sich dem größeren Ziel zugewandt hatten, sprang auf und rannte zum Dingi zurück. Sofort begannen die Lichtfinger wieder nach ihm zu greifen, und er lief im Zickzack wie ein aufgescheuchter Hase. Kurz vor dem Dingi ließ er sich fallen.

»Commander! Sir! Commander Harris!«

Nun konnte er nur noch darum beten, daß der Commander ihn hörte.

Kapitel 33

»Lieutenant Ibaka!« sagte ich. »Warum melden Sie sich nicht? Delta VII ruft Delta–Dingi. Bitte kommen, Lieutenant Ibaka!«

Die Verbindung zum Dingi, mitten in einer Durchsage unterbrochen, ließ sich nicht wiederherstellen.

Ich sah hinüber zu Stroganow, und der große, schwere, stiernackige Sibiriak neigte stumm den Kopf.

Es war fünfundzwanzig Sekunden vor Ablauf der Frist. In der Wüste heulten unverändert die Sirenen, und das kalte, falsche Licht der künstlichen Sonnen ließ Stroganows Gesicht – und wohl auch das meine – weiterhin kalkweiß erscheinen: auf beklemmende Art tot und maskenhaft.

Auf dem Radarschirm zeichnete sich ein beginnender Luftkampf ab. Wenn ich die Lichtzeichen richtig deutete, hatte sich der Leichte Kreuzer Sagitta soeben zum Kampf gestellt. Noch tat der Köder seine Schuldigkeit, aber es war nur eine Frage der Zeit, daß auch diese Täuschung durchschaut wurde. Zwanzig Sekunden. Im Lager wurde schwer gekämpft. Ein leichter Wind war aufgesprungen und trug das Geschrei der Tödlichen Garde zu uns herüber. Das Duell der Lichtfinger war hektischer geworden.

»Delta VII ruft Delta–Dingi. Bitte kommen, bitte kommen, Delta–Dingi!«

Fünfzehn Sekunden.

Der einsame Kampf des Leichten Kreuzers Sagitta verlor plötzlich an Bedeutung. Ich hielt den Atem an. Neue Lichtpunkte waren aufgetaucht, sechs an der Zahl: Lichtpunkte, die sich beharrlich näherten.

»Captain!« sagte Stroganow. »Sie werden doch nicht ...«

»Fahren Sie die Schleuse zu, Lieutenant!« sagte ich. »Im Augenblick führe ich hier das Kommando.«

Stroganow zögerte, und ich spürte seinen Widerstand. Noch immer verstand er mich falsch, und die Zeit zerrann uns zwischen den Fingern.

»Und die andern, Captain? Ich weiß: Befehl ist Befehl. Aber wir können sie doch nicht im Stich lassen.«

Ich unterbrach ihn rücksichtslos.

»Fahren Sie die Schleuse zu, Lieutenant! Wir starten.« Es war das zweite Mal in meinem Leben, daß ich mich über einen unmißverständlichen Befehl hinwegsetzte. Das erstemal hatte es mir meine Degradierung eingebracht.

Als Delta VII von der Erde abhob, geschah es genau zehn Sekunden vor der vereinbarten Zeit.

Kapitel 34

Schauplatz: Lager

Major Stewart hatte längst alles Zeitempfinden verloren, als er sich zu einer Tat entschloß, die zu begehen ihm bis dahin nicht einmal im Traum eingefallen wäre.

»Sir«, sagte er ein letztesmal, »wollen Sie mir jetzt folgen oder nicht?«

Der Präsident ging zur Tür und zog an einer Klingelschnur.

»Major«, sagte er, »ich lasse Sie jetzt festnehmen und vor ein Militärgericht stellen.«

Major Stewart ging hinter ihm her, drehte ihn zu sich herum und schlug ihm die Faust unter das Kinn. Dann lud er sich den bewußtlosen Präsidenten über die Schulter.

»Hauen wir ab!« sagte er höchst unmilitärisch.

Seine Ranger sicherten den Rückzug. Major Stewart eilte die Treppe hinab, doch als er das Haus verlassen wollte, blieb er abrupt stehen.

Die Totenköpfe hatten eine schwere Laser–Kanone in Stellung gebracht, die auf den Eingang zielte. Major Stewart machte einen raschen Schritt zurück, einen weiteren zur Seite und befand sich damit vorerst in Sicherheit.

»Deckung!« konnte er gerade noch brüllen, dann griffen schon die ersten Lichtfinger durch die Tür.

Einer seiner Ranger sagte hinter ihm: »Alles, was recht ist, Sir, aber jetzt sitzen wir wie die berühmte Maus in der Falle.« Es war eine präzise, sachliche Feststellung. Major Stewart ließ den bewußtlosen Präsidenten behutsam auf den Fußboden gleiten und brachte seine Waffe in Anschlag.

Es lag nicht in seiner Absicht, sich zu ergeben, und von seinen Männern wußte er, daß sie genauso dachten und empfanden. Sie hatten alles gewagt und alles verloren. Nun ging es nur noch darum, mit Haltung abzutreten.

Im Dingi sagte Commander Harris gerade: »Verstanden, Lieutenant.«

Lieutenant Ibaka rollte sich auf den Rücken, so daß er den Einstieg sehen konnte. Er war für ihn unerreichbar. Sobald er sich aufrichtete, würden ihn die Lichtfinger in Stücke reißen.

Er starrte den für ihn unerreichbaren Einstieg an und dachte, daß Commander Harris auf ihn keine Rücksicht zu nehmen brauchte. Dabei war er seltsam ruhig. Er dachte auch an seine Frau und an seine Kinder und an Miß O'Hara, der er nicht mehr helfen konnte – und es tat ihm leid, daß er Mark Brandis diesen letzten Gefallen nicht tun konnte.

Oben im Dingi hielt Commander Harris den Atem an. Fest und unverrückbar stand das große schwarze Gebäude vor seinen Augen.

Großer Gott, dachte Commander Harris, *steh mir jetzt bei!*

Damit hob er ab.

Lieutenant Ibaka schloß die Augen.

Kapitel 35

Ich sah es, während ich Delta VII hundert Meter über dem Lager schweben ließ und mich nach einem Landeplatz umsah – und obwohl ich zu diesem Zeitpunkt die Zusammenhänge noch nicht erahnen konnte, prägte sich das Bild mir unverlierbar ein.

Das Dingi, das mir durch seine Anwesenheit eine Landung auf dem ovalen Platz vor dem Hauptgebäude verwehrte, hob plötzlich ab – und einen entsetzlichen Augenblick lang war ich von der Furcht gepackt, wieder einmal das Falsche getan zu haben.

Aber dann fiel mir auf, daß das Dingi nicht den Bergen des Hoggars zustrebte, sondern geradenwegs auf das große, schwarze Gebäude zuhielt, das ich schon auf dem Satellitenfoto mit besonderer Aufmerksamkeit betrachtet hatte, weil mich die vielen Antennenanlagen irritierten.

Ich sah, wie das Dingi das Gebäude traf und wie es sich mit diesem zusammen auflöste in Feuer, Schutt und wirbelnde Trümmer.

Als nächstes erkannte ich unseren Bordingenieur. Lieutenant Ibaka rannte quer über den Platz, um mir die Landung freizugeben.

Ich setzte Delta VII weich auf, und Stroganow öffnete die Schleuse.

Draußen herrschte Stille: eine Stille, die ich nicht auf Anhieb zu deuten wußte.

Das Geschrei der Totenköpfe war verstummt.

Auch das Schießen hatte fast aufgehört. Nur noch die drei Ranger feuerten weiter – irgendwohin.

Bedeutungsvoller war für mich das Bild, das sich auf dem Radarschirm abzeichnete. Ein Computer setzte das, was ich sah, in Zahlen um, und diese Zahlen besagten, daß Delta VII gerade noch elf Sekunden Zeit hatte, um abzuheben.

Die Tödliche Garde – oder das, was von ihr noch dazu fähig war – hatte den Rückzug angetreten. Deutlich erkannte ich, wie die Nachzügler ihre Waffen fortwarfen, um rascher aus dem Bereich der sie verfolgenden Lichtfinger zu kommen.

Major Stewart und seine Männer verließen das Hauptgebäude, überquerten im Laufschritt den Platz und kamen an Bord. Der Major trug den bewußtlosen Präsidenten.

»Wo ist Commander Harris?« fragte ich.

»Er steuerte das Dingi!« sagte Major Stewart.

Ich begriff.

Auf einmal empfand ich die volle Last meiner Verantwortung.

»Anschnallen!« sagte ich.

In dieser Sekunde hörte ich eine Stimme, die ich aus Millionen von Stimmen herausgekannt hätte.

»Mark!«

Ruth und Lieutenant Ibaka kamen durch den knöcheltiefen Sand gerannt, und Stroganow beugte sich etwas vor und half ihnen an Bord.

Sergeant Berlimont und seine letzten beiden Ranger stellten das Feuer ein und sprangen auf. Ich wartete, bis sie in der Schleuse waren, dann zündete ich das Triebwerk.

Der Computer gab mir noch eine Sekunde Zeit.

Delta VII stand unbeweglich, während draußen eine Sandwolke hochwirbelte und die Fenster des Cockpits verdunkelte. Allmählich begann das Schiff zu vibrieren und zu tänzeln, und dann, plötzlich, war die Schubkraft von zehntausendfünfhundert Tonnen da.

Delta VII hob ab.

Kapitel 36

Als Ruth das Champagnerglas hob und mich dabei lange und nachdenklich ansah, war seit der Befreiung des Präsidenten eine Woche vergangen, und aus den Ereignissen, durch die so vieles verändert worden war, waren mittlerweile Erinnerungen geworden, gute wie traurige: an den Tod von Commander Harris, an den Durchbruch von Delta VII durch den Ring der Taurus–Zerstörer, an das Wiedersehen mit dem lädierten Leichten Kreuzer Sagitta und an den unvergeßlichen Moment der Landung auf der Venus.

In dieser Woche war vieles geschehen, was in den Bereich der großen Politik gehörte. Grundsätzliche Entscheidungen waren gefallen – so als General Smith sein Ultimatum stellte und Gouverneur de Hough es zurückwies und seine Streitkräfte in Alarmbereitschaft versetzte.

Schließlich war auch Samuel Hirschmann von seiner Hirnoperation so weit genesen, daß der letzte, entscheidende Schritt vollzogen werden konnte.

Auf dem *Platz des Großen Rats* hatte sich eine unübersehbare Menschenmenge eingefunden, als Hirschmann die *Unabhängigkeit* der Venus verkündete. Man hatte ihm den Vorschlag unterbreitet, diesen feierlichen Akt von seinem Krankenlager aus vorzunehmen, doch er war dafür nicht zu gewinnen gewesen. Von zwei Offizieren gestützt, war er auf das Podium gestiegen.

»Vor die Entscheidung gestellt«, rief er aus, »all dem abzuschwören, woran wir glauben – Würde und Freiheit des Menschen und die heilige Pflicht einer jeden Regierung, Recht und Gesetz zu schützen –, oder aber das bittere Los ständiger Verteidigungsbereitschaft auf uns zu nehmen, vor eine solche Entscheidung gestellt, kann es für uns nur eine Antwort geben: Wir sagen uns los von der Erde, auf der ein machthungriger Tyrann sein schreckliches System errichtet hat!«

Vom Beifall unterbrochen, mußte Samuel Hirschmann innehalten. Nie zuvor war er so sehr der große alte Mann gewesen wie in dieser Stunde. Er sah leidend aus, doch seine Augen hatten das alte Feuer wiedergewonnen, und in der Bewegung seiner Hände lag eine unerschütterliche innere Kraft.

»Ich selbst«, fuhr er fort, »der ich wider besseres Wissen dem Tyrannen gedient habe, sage: Jeder Versuch, sich mit ihm zu arrangieren, muß früher oder später in die totale Unterwerfung führen. Unsere Antwort an ihn muß sein: Herr General, von dieser Minute an kündigen wir Ihrer Regierung den Gehorsam auf und proklamieren feierlich den unabhängigen Staat Venus!«

Wieder konnte Samuel Hirschmann nicht weitersprechen, weil der Beifall zu laut wurde.

»Aber«, sagte er dann, »vergessen wir *eines* nicht, meine Freunde! Vergessen wir nicht, daß es auch auf der Erde nach wie vor Millionen von Menschen gibt, die gleich uns an die demokratischen Ideale glauben – auch wenn sie gezwungen sind, in Unfreiheit zu leben. Uns, die wir frei sind, fällt die schwere Aufgabe zu, für sie eine *Flamme der Hoffnung* zu sein in der Dunkelheit, die über die Völker der Drei Vereinigten Kontinente hereingebrochen ist.«

Es folge die Vereidigung. Vor dem Gouverneur und dem Großen Rat der dreizehn Towns übernahm Samuel Hirschmann die Präsidentschaft der soeben proklamierten Republik.

Alles das war vorüber, als Ruth das Champagnerglas hob und mich dabei ansah.

Wir waren allein in dem Bungalow, den die Regierung Ruth einstweilen zur Benützung zur Verfügung gestellt hatte. Stroganow und Ibaka hatten uns schon vor einer Weile verlassen.

Auch ich hob mein Glas – und mit meinem Lächeln versuchte ich Ruth darüber hinwegzutäuschen, wie sehr die neuerliche Untätigkeit auf mir lastete. »Auf uns!« sagte ich. Ruth schüttelte ein wenig den Kopf.

»Wir wären nicht hier, wenn ein anderer nicht gewesen wäre«, sagte sie. »Auf Commander Harris!«

»Auf den Commander«, wiederholte ich, wir stießen miteinander an, und für einen Augenblick war mir, als hätte er uns nie verlassen ...

Etwas später bekam ich einen Anruf aus dem Sekretariat des Vorsitzenden des Rats für innere und äußere Sicherheit.

Kapitel 37

Das Haus war etwas außerhalb der Stadt gelegen, ein dreistöckiges, langgestrecktes Gebäude aus Glas und verschiedenen Kunststoffen: sehr streng und sehr sachlich. Keine Tafel, keine Inschrift wies auf seine Bedeutung hin.

Ich stieg aus dem Wagen, mit dem Ruth mich hierhergebracht hatte, und setzte die Mütze auf.

»Man hat dir bestimmt nichts vorzuwerfen«, sagte Ruth. »Allenfalls werden sie dir ein paar Fragen stellen.«

Ich hob die Schultern.

»Du kennst doch diese Bürokraten«, sagte ich. »Daran, daß ich einen klaren Befehl nicht befolgt habe, ist nun mal nicht zu rütteln.«

»Auch wenn es länger dauert«, antwortete Ruth, »ich warte.«

Im Inneren des Gebäudes mußte ich eine Zeitlang suchen, bis ich das richtige Zimmer gefunden hatte. An der Tür war mit einem Reißnagel eine Visitenkarte befestigt: *Prof. Dr. Richard Westhoff.*

Handschriftlich war hinzugefügt worden:

Bitte eintreten ohne zu klopfen.

Ich nahm meinen Mut zusammen und drückte die Tür auf. Mein Blick fiel auf Alexander Repin, den Vorsitzenden des Rats für innere und äußere Sicherheit, der sich mit einem Mann unterhielt, den ich nie zuvor gesehen hatte. Der Mann trug einen sportlichen Zivilanzug und lehnte mit verschränkten Armen an einem mittelgroßen Schreibtisch. Bei meinem Eintreten stieß er sich ab und kam mir mit ausgestreckter Hand entgegen.

»Westhoff«, sagte er. »Es freut mich, Sie kennenzulernen, Captain. Ich habe schon viel von Ihnen gehört.«

Sein Händedruck war fest und herzlich.

Ich wußte nicht, was ich davon zu halten hatte, und darum wandte ich mich an den Ratsvorsitzenden. »Ihr Sekretariat, Sir, hat mich hierherbestellt.«

Repin nickte.

»Eigentlich«, sagte er, »müßte ich mich schämen, Sie in Ihrem wohlverdienten Urlaub zu stören, Brandis. Aber der Himmel weiß: Ich hab' es nur zu gern getan.«

Die Situation war für mich unklar und verwirrend. All das deutete nicht auf eine Untersuchung hin.

»Ich nehme an, Sir«, sagte ich zurückhaltend, »Sie werden dafür einen triftigen Grund haben.«

Der Ratsvorsitzende tauschte einen raschen Blick mit Professor Westhoff.

»Wollen wir's ihm sagen?« Professor Westhoff nickte zustimmend.

»Es wird sich kaum umgehen lassen. Schließlich haben wir ihn deswegen kommen lassen.«

In Gedanken erwog ich alle Möglichkeiten einer solchen Eröffnung, doch der Ratsvorsitzende ließ mich zu keinem Ergebnis kommen.

»Um gleich das Wichtigste vorwegzunehmen, Brandis: Die Arbeit der VEGA wird fortgesetzt – und zwar unter den gewohnten zivilen Voraussetzungen. Professor Westhoff hat die Leitung übernommen. Betrachten Sie ihn von diesem Moment an als Ihren obersten Vorgesetzten.«

Professor Westhoff hob abwehrend die Hand.

»Wir wollen uns schon jetzt auf *eines* einigen, Brandis: Die VEGA kennt nur Mitarbeiter. Bei einem Teamwork dieser Art ist jeder auf jeden angewiesen.«

Ich blieb stumm und wartete ab. Noch immer war mir unklar, worauf dies alles hinauslaufen sollte. Um mir Professor Westhoffs Ernennung zum neuen VEGA-Direktor bekanntzugeben, hätte man mich nicht herzubestellen brauchen.

»Zum zweiten Punkt der Tagesordnung«, sagte der Ratsvorsitzende. »Bevor Commander Harris zu seinem letzten Flug startete, hatte ich mit ihm eine längere Unterredung. Dabei fiel auch Ihr Name, Brandis. Als man sich nun bei uns entschied, das Delta–Programm in eigener Regie fortzuführen, habe ich mich an diese Unterredung erinnert und Professor Westhoff einen Vorschlag unterbreitet.«

Professor Westhoff blickte mich mit einem freundlichen Lächeln an.

»Und ich«, ergänzte er, »habe diesen Vorschlag angenommen. Meinen Glückwunsch, Commander Brandis!«